「はい。主様の血により、一度は朽ちたこの身を蘇らせて頂いた不滅竜でございます」
!?

「ちょっとそこのあんた！
見てないで
たすけなさいよねっ!!」

「だから！　あたしは！　はなせっていってるのよーーっ!!」
「ヒギャンフッツッ!?」
パティが魔法を放とうとした寸前、悲劇が起きた。
なんと少女が、チンピラの股間を蹴り上げたのだ。

「おにーさんっ！
これはいったい
どゆーことなんですようっ⁉」
「どう、とは？」

Anytime I can!

いつでも自宅に帰れる俺は、異世界で行商人をはじめました

vol.5

霜月緋色
Hiiro_shimotsuki

ill. いわさきたかし

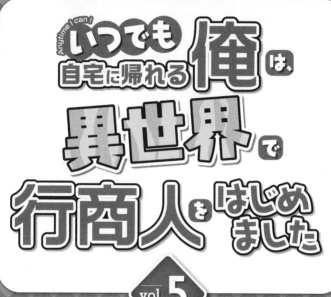

口絵・本文イラスト　いわさきたかし

CONTENTS

前巻のあらすじ

俺《おれ》とばーちゃんが墓参りから帰ると、双子《ふたご》の妹たち――詩織《しおり》と沙織《さおり》が押入《おしい》れを開け固まっていた。

そうなのだ。俺だけではなく、なんと妹たちも異世界の存在を知ってしまったのだ。

慌《あわ》てる俺に対し、ばーちゃんは楽しそうに笑うだけ。

斯《か》くて、俺は妹たちと共に異世界へ。

森から見えた町――ニノリッチへ向かう道中で、俺たちは大きな卵を拾う。

沙織の希望により卵を孵《かえ》すことになったが、中から出てきたのは不滅竜《ふめつりゅう》と呼ばれるドラゴンだった。

しかもドラゴンの子は幼児へと姿を変え、おまけに卵を捜《さが》す魔族《まぞく》まで現れて……。

そこからは大変だった。

魔族にアイナちゃんが攫《さら》われたり。

幼児の姿となったドラゴン――『すあま』の母竜《りゅう》を捜すため森に入ったり。
ライヤーさんたち冒険者《ぼうけんしゃ》が魔族と命懸《いのちが》けで戦ったり。
終《しま》いには、骨となったドラゴンに血を与《あた》え蘇《よみがえ》らせることになったり。

日本育ちのもやしっ子には、思い出すだけでハードな日々だった。
けれども、卵を巡《めぐ》る物語はまだ終わっていなかったのだ。

「先日、主様に蘇らせていただいたドラゴンです」

突然《とつぜん》店に訪《おとず》れた、美しい女性。
なんと彼女《かのじょ》は、俺が蘇らせたドラゴンだというのだった。

第一話　ドラゴンのママ

突然店に現れた、純白の美しい女性。

彼女の言葉を信じるのなら、その正体はあの不滅竜なのだという。

「えっと、念のため確認《かくにん》させてください」

そう前置きしてから、改めて彼女を見つめる。

髪《かみ》は新雪のように白く、後《うし》ろ髪《がみ》の一部が鮮《あざ》やかな蒼《あお》色。

額には、すあまと同じように青い宝石——竜核結晶《りゅうかくけっしょう》がくっついている。

着ているドレスもこれまた純白で、頭にヴェールをかけたら花嫁《はなよめ》として結婚式《けっこんしき》に臨《のぞ》めそうなほどだ。

ただ一点、気になるのはその足元。

彼女は靴《くつ》を履《は》いておらず、素足《すあし》のまま。しかも地面から僅《わず》かに浮《う》いている。

見た目は人そっくりなのに、然《さ》りげなく人外感を醸《かも》し出していた。

「なんでしょう主様?」

「本当に……あの時の不滅竜さんなんですか？　俺たちを背中に乗せてくれた、あの不滅竜の……？」

「はい。主様の血により、一度は朽《く》ちたこの身を蘇らせて頂いた不滅竜でございます」

「わーお」

目の前のお綺麗《きれい》な女性は、本当にすあまのお母さま――つまり、あの不滅竜だというじゃないですか。

しかも俺を「主様」と呼び、最上級のリスペクトをびんびんに感じるじゃんね。

「それより主様、」

「はい」

「そこに――」

お母さま《不滅竜》の視線が、ツーッと横に水平移動。

俺の隣《となり》にいる女性でピタリと止まる。

「小五月蠅《こうるさ》い魔人がいるようですが、滅《めっ》してもよろしいでしょうか？」

お母さまが、声のトーンを落として言う。

「ほう。貴様、面白《おもしろ》いことを言うな。私が誰《だれ》かを知らぬとはいえ……随分《ずいぶん》と大言を吐《は》くではないか」

「貴女《あなた》こそ私が何者なのか理解していないようですね。ですがそれについては赦《ゆる》しましょう。けれども主様を煩《わずら》わせるのであれば……命を摘《つ》み取るまでですよ、魔人」

すあまとの再会を喜ぶアイナちゃんたちを他所《よそ》に、バチバチと火花を飛ばしはじめる二人。

一人は、すあまのお母さま。

忠義故《ゆえ》か、はたまた蘇らせた恩返しなのか、俺のために戦う気満々だ。

そしてもう一人が、

「私の命を摘み取るだと？　くくく……貴様、面白いことを言うではないか。私の前であまり調子の良いことを言わぬ方が身のためだぞ」

魔人族のセレスさんだ。

魔人族とは北の孤島《ことう》に住む一種族のことだが、広義では魔族と呼ばれている。

そんな彼女が、いきなり店にやって来て「貴様《俺》の奴隷《どれい》になる」と言い出したのだ。

マジで勘弁《かんべん》して欲《ほ》しい。

「あら、魔人は相手の力量を見抜《みぬ》くことも出来ないのですね」

「……なんだと？」

すんげーメンチ切《睨みつける》るセレスさんと、口元に微笑《びしょう》を湛《たた》えるお母さま。

一流の冒険者たちを半殺しにした魔族と、伝説オブ伝説のドラゴンの睨み合いだ。

なんでそんな二人が睨み合いをしているのだろうか？　それも、俺の店で。

二人はすでに一触即発《いっしょくそくはつ》な雰囲気《ふんいき》。些細《ささい》なきっかけでバトルに突入《とつにゅう》しそうな予感。

どうしてこうなった。マジで誰か助けて欲しい。

ちらりと横を向く。

「スーちゃんっ」

「あいにゃぁ！」

まずアイナちゃんがすあまと抱《だ》き合い、その周りをパティが飛び回る。

二階から下りてきた双子の妹たち――詩織と沙織も、

「すあまちゃ～ん！」

「すあま‼」

すあまとの再会を喜ぶべく、駆《か》け寄っている真っ最中ときた。

俺以外の誰もがすあまとの再会に喜ぶなか、店内で起きようとしている魔族とドラゴンのママ――略してママゴンによる争いなど、気にも留《と》めていない。

「……はぁ。しゃーない、か」

こうなってしまっては仕方がない。俺が止めるしかないじゃんね。

二週間ほど前に店の壁《かべ》が破壊《はかい》され、やっと直ったばかり。

再び壁が消し飛ぼうものなら、家主のカレンさんにどんな顔をして会いに行けばいいのかわからない。

いや、壁だけならまだいい。

上位の魔族と伝説のドラゴンとの一戦なんだ。

町が丸ごと消し炭になってもおかしくはない。

だからこそ危機を未然に防ぐのだ。

それこそが店の主としての義務なのだ。

この町に店を構える者としての務めなのだ。

よし。やるぞ士郎《しろう》。いまが男を魅《み》せる時。

俺の行動と男気に店が――ひいては町の命運が懸《か》かっている。

全力で自分を奮い立たせ、奥歯《おくば》を噛《か》みしめる。

意を決した俺は、魔族とドラゴンの戦いを止めるべく一歩前へ。

「ちょっと二人と――」

「私が何者か分からないのであれば……これでどうですか?」

ママゴンさんから強烈《きょうれつ》な『圧』が発せられた。

プレッシャーとか、圧迫感《あっぱく》とか、殺気とか、そういった類《たぐ》いのモノだ。

俺に向けられたものではないとはいえ、思わず足を止めてしまう。

「っ……。この魔力《まりょく》の質は……き、貴様！　あのときの不滅竜かっ⁉」

「やっと気づきましたか」

ママゴンさんが、呆《あき》れたようにくすりと笑う。

圧倒的《あっとうてき》上位者が遙《はる》か下の者を見下ろすような、そんな感じの雰囲気だ。

しかし、これですごすごと引き下がるようなセレスさんではなかった。

「くっ……。不滅竜だからどうしたというのだ？　あの時の私は全力ではなかったぞ！」

なにくそ負けてなるものかとばかりに、セレスさんからも圧が発せられた。

セレスさんが言う『あの時の私』というのは、ジギィナの森でばーちゃんにボッコボコにされた時のことだろう。

あの時のセレスさんは、ばーちゃんとの戦いで致命傷《ちめいしょう》こそ負っていなかったものの（ばーちゃんが手加減していた）、かなり消耗《しょうもう》しているように見えた。

しかもばーちゃんと戦う前に、一流の冒険者たちとも一戦交えていたのだ。

だからセレスさんは、万全《ばんぜん》の自分ならママゴンさんとも渡《わた》り合えると、そう言っているのだろう。

ママゴンさんと、セレスさんから発せられる不可視ながらも強大な圧。

これに反応したのは、

「んなっ⁉　シ、シロウ！　ななっ、なんでそいつがここにいるんだよっ⁉」

他者の魔力に敏感《びんかん》なパティだった。

パティはセレスさんを指さし、なんでどうしてと慌てふためく。

「そいつは故郷に帰ったんじゃなかったのかっ？　そ、それともまた悪さしに来たのかっ？　あとそこの白い髪の女はな、なんなんだよっ？　その女もすっごい魔力を持ってるぞっ！」

俺の肩《かた》に降りたパティが、矢継《やつ》ぎ早《ばや》に訊《き》いてくる。

目を白黒させて、すあまとの再会を喜ぶどころではなさそうだ。

こゆとき、魔力の感度がいい種族は大変だよね。

すあまとの感動の再会に、水をさしちゃってごめんね。

俺のせいじゃないのだけれども。

「親分、店の危機に気づいてくれて嬉《うれ》しいよ」

「あんなに魔力ぶちまけておいて、き、気づかないわけないだろ！　それよりシロウ、ど、どーゆーことなんだこれはっ？」

「俺が知りたいぐらいだよ。でもざっくり説明すると」

「……すると？」

パティがごくりと喉《のど》を鳴らし、先を促《うなが》す。

俺はため息交じりに。

「あの二人、ここで戦いをはじめるみたい」

「それ絶対にダメなやつじゃないかよっ‼」

「だよねー。ヤバイよねー。……どうしよ親分？」

「と、止めるぞ！　あんなのが暴れたら、こんな店あっという間に消し飛んじゃうんだぞっ！」

「やっぱ命懸けで止めるしかないわけか」

状況《じょうきょう》に翻弄《ほんろう》される俺とパティを他所に、セレスさんとママゴンさんは臨戦態勢へ。

「強がりは見苦しいですよ、魔人？」

「……その身で試《ため》してみるか不滅竜？」

セレスさんの声が低くなっていく。

細められた瞳《ひとみ》には、殺意らしき危険な光が灯《とも》る。

「私が仕える主様の周りを魔人がうろつくのも目障《めざわ》りです。退かぬのならば、ここで滅してもいいのですよ?」

ママゴンさんは変わらず微笑を浮かべているが、言葉に含《ふく》まれる棘《とげ》が致命傷レベルだ。

「シ、シロウ!　はやく止めるんだよっ。ほらはやくっ!」

「わかってる親分。やってみるよ」

がんばれ士郎。

今度こそ二人を止めるんだ!

「二人とも!　一回落ち着きま——」

「滅するときたか。くくく、蘇ったばかりなのにもう死にたいと見える」

「出来もしない事は口にしない方がいいですよ、魔人」

ダメだった。

二人に俺の声はまるで届かない。

もう心が折れちゃいそうだよ。

「抜《ぬ》かせ!　貴様の血肉を喰《く》らい、その力を我《わ》がものとさせてもらおうか!」

「仕方がありませんね。主様に代わり、礼儀《れいぎ》知らずな魔人の相手をしてあげましょう」

斯くて、賽《さい》は投げられた。

セレスさんが腕《うで》を振《ふ》るう。

たったそれだけで衝撃波《しょうげきは》が生まれ、破壊のエネルギーがママゴンさんに迫《せま》る。
「危ないシロウ！　えーい!!」
肩の上でパティが魔法《まほう》を全力展開。
俺の周囲と背後のアイナちゃんたちを光の幕が覆《おお》う。防御魔法《ぼうぎょまほう》というやつだ。
直後、セレスさんの衝撃波がママゴンさんにぶつかった。
しかし、ママゴンさんは涼《すず》しい顔。
ママゴンさんの正面に展開された、不可思議な壁。
その壁が衝撃波を弾《はじ》いたからだ。
「チィッ」
舌打ちするセレスさん。
心なしかドヤ顔なママゴンさん。
弾かれた衝撃波は、そのまま商品が並ぶ棚《たな》へ迫り――

どっごんっっっ!!!

爆発音《ばくはつおん》と共に、棚ごと壁が消し飛んだ。

俺が東京の店で買い集めた品々が。

アイナちゃんが一生懸命《いっしょうけんめい》に陳列《ちんれつ》してくれた商品が。

なにより、修復されたばかりの壁が。

跡形《あとかた》もなく破壊されてしまった。おまけに前回よりも被害範囲《ひがいはんい》が広いときた。

一瞬《いっしゅん》目の前が真っ暗になる。直後、「ぷっつん」と何かが切れる音がした。

「に、に、に、兄ちゃん！　これはいったい何事っ⁉」

やっと気づいてくれたようだ。

沙織が慌てた声を上げる。

しかし俺はというと、

「……」

「に、兄ちゃん？」

「にぃに？」

「シロウお兄ちゃん？」

「ぱうぱぁ？」

訝《いぶか》しむ四人には構わず、俺は肺いっぱいに空気を吸《す》い込《こ》み、

「いい加減にしないかぁぁぁ〜〜〜〜〜〜〜〜っっっ!!」

怒《いか》りの絶叫《ぜっきょう》を上げるのだった。

◇◆◇◆◇

腕を組み、怒り心頭な俺。頭の上ではパティも腕を組み、ふんすと鼻息を荒《あら》くしている。

全力の怒《おこ》ってるアピールだ。

そして目の前には、正座しているセレスさんとママゴンさんの姿が。

ママゴンさんは相変わらず物理的にちょっと浮いているけれど、セレスさん共々、怒られてしゅんとしていた。

「セレスさん」

「な、なんだ?」

俺の声があまりにも低かったため、セレスさんがびくりとする。

「セレスさんの言う、奴隷云々《どれいうんぬん》は一度置いておくとして、セレスさんが俺のところに来た理由はわかりました。まあ、納得《なっとく》はしていませんけれどね。要は、俺への恩を感じていてその借りを返したい、ということですよね?」

「そ、そうだ」

額にびっしりと脂汗《あぶらあせ》をにじませたセレスさんが、こくこくと頷《うなず》く。

次に俺は、ママゴンさんへ顔を向ける。

「で、ママゴンさんはどうしてこちらに？」

「マ、ママゴン？」

きょとんとし、こちらを窺《うかが》うようにママゴンさん。

「ドラゴンのママだからママゴンです」

「しょ、承知しました主様。ただ今より私の名は『ママゴン』です」

「暫定的《ざんていてき》な呼び名ですので本気にされても困ります。それよりも、ママゴンさんがここへ来た理由を教えてください」

俺の問いにママゴンさんはしばらく黙《だま》り込み、やがて、

「娘《むすめ》が……食事をしてくれなかったのです」

ニノリッチに来た理由を語りはじめた。

「上位ドラゴンの成竜は、大気中の魔素を取り込み己《おのれ》の糧《かて》とすることが出来ます。ですが幼竜にはまだ出来ません。代わりに『食事』を摂《と》る必要があるのです」

「すあまはもりもりご飯を食べてましたからね」

「はい。幼竜である娘に食事は不可欠なもの。ですが、娘は私が用意した食事に一切《いっさい》手を付けてくれなかったのです」

「はぁ」

山盛りご飯を食べてたすあまが、食事を摂らないなんて想像ができない。

「聞けば、娘は主様の下で美味なものばかり与えられていたとか」

「美味なものかどうかはわかりませんが、すあまは俺たちと同じものを食べてましたよ。もちろん、量は段違《だんちが》いでしたけれど」

「やはり主様とは食事をしていたのですね。娘は私の用意した食事ではなく、主様から頂いていた食事がいいと、主様から頂いた食事と同じものが食べたいと、そう言ってきかないのです。私が用意した食事は、ただの一口も口にしてくれませんでした！」

拳《こぶし》を握《にぎ》り、ちょっと聞いてよ奥《おく》さん、とばかりに愚痴《ぐち》るママゴンさん。

拗《す》ねているように見えるのは、母としてのプライドが傷つけられたからだろうか。

「なるほど。成長期にご飯を食べないのは心配ですもんね。……ちなみに、すあまにどんな食事を与えていたんですか？」

「オーガの肉です」

俺の問いに、自信満々な顔で即答《そくとう》するママゴンさん。

「オーガのお肉……ちょ、調理法を伺《うかが》っても？」

「ちょーりほー？」

ママゴンさんが首を傾《かし》げる。

「ええ、調理法です。料理を作る手順ですね」

「りょーりをつくるてじゅん？」

こんどは首が反対側に傾《かたむ》く。

どうしよう。ママゴンさんったら、素で「なにそれ？」って顔をしているぞ。

「まさか生ですか？　生肉のまま、すあまに出したんですか？」

「そうですが……それが何か？」

「……わーお」

呆然《ぼうぜん》とする俺。視界の端《はし》で頭を抱《かか》えるアイナちゃんと妹たち。

一方で、何がいけないのかと怪訝《けげん》顔のママゴンさん。

そんななか、静かな笑い声が響《ひび》く。

「くく……」

セレスさんだ。

ママゴンさんの隣で、セレスさんがくつくつと笑っていたのだ。

「魔人、なにが可笑《おか》しいのですか？」

「ハッ。これが笑わずにいられるか。大言を吐く癖《くせ》に『料理』すら知らんとはな」

「っ……。魔人、貴女は主様の仰る《おつしや》『りょーり』を知っているとでも？」

「当然だ。いいか不滅竜？　肉を生のまま食べるなど愚《ぐ》の骨頂。肉は火で焼き、調味料で味付けをして、はじめて口にする価値があるものへと変わるのだぞ」

得意げに語ってみせるセレスさん。

アイナちゃんの話では、セレスさんもつい最近まで肉を生のまま食べてたそうなんですけれどね。

いま言った調理法だって、アイナちゃんからの受け売りなのに。

「それだけではない。焼く以外にも蒸《む》す、煮《に》る、といった調理法も存在し、」

滔々《とうとう》と語るセレスさん。

ママゴンさんの喉がごくりと鳴る。

「更《さら》には他の食材と一緒《いっしょ》に調理することにより、肉は無限に味が変わるのだ。なのに……くくく、そんなことも知らずに生で食べているだと？　これは傑作《けっさく》だ。そこの幼竜が貴様ではなくシロウの下へ戻《もど》って来たのも当然だろうよ」

「……魔人ごときが、不滅竜である私を愚弄《ぐろう》しているのですか」

ママゴンさんから殺気が漏《も》れだしたタイミングで、

「ケ、ケンカするならシロウの店から出て行ってもらうからなっ！」

パティが機先を制してくれた。ナイスだパティ。

俺は咳《せき》ばらいを一つ。

「話は分かりました。すあまがご飯を食べてくれないから、俺のところへ連れてきた。そゆことですね？」

ママゴンさんが頷く。

「はい。娘は主様と食事を共にしたいと」

そう言ったタイミングで、後ろの方からく～と可愛《かわい》い音が聞こえた。

次いでセレスさんから。も一つおまけに、ママゴンさんのお腹《なか》からも。

ご飯トークしているうちに、みんなお腹が空いてしまったようだ。

「ママゴンさんが、すあまを連れて来た理由はわかりました。みんなのお腹が空いてることもね」

俺は正座しているセレスさんとママゴンに立つように言う。

「そんじゃ、せっかくですしみんなでご飯に行きますか」

次いで、横目で消し飛んだ壁をチラリ。

肩をすくめ、

「こんなんじゃ営業もできませんしね」

と言うのだった。

反対する人は、誰一人《だれひとり》いなかった。

こうして俺は『臨時休業』の札をかけ、みんなでご飯を食べに行くのでした。

第二話　遠方からの手紙

空腹を満たすためにやって来たのは、冒険者ギルド『妖精《ようせい》の祝福』。

そのギルドホーム内にある酒場だ。

ここで出される料理の特徴《とくちょう》を表すとしたら、ボリュームのひと言に尽《つ》きるだろう。

なにせ、腹ペコな冒険者たちの胃袋《いぶくろ》を満たさねばならないのだ。

メニューに並ぶ料理は基本ドカ盛り。追加料金で超山盛《ちょうやまも》りにもできる。

もちろん、各種族に対応したメニューもアリ。

さらに、ギルドに卸《おろ》している日本の調味料の甲斐《かい》あって、味の方もなかなかにイケるのだ。

さてさて、そんな量も味もイケてるギルド料理ですが……。

「あぐっ、がぶっ。んくんく……んがぶっ」

「これが……ブラックボアの肉？　生とは味も食感も違《ちが》いますね。ホーンラビットの蒸し焼きとやらも美味です。私は常々川魚など口にするにも値しないと言っていたのですが、こうも食欲を誘《さそ》う香《かお》りをしては……んく、はぁ……こちらも美味ですね。次はマーダーグリズリーの極《きわ》み鍋《なべ》とやらも……ふわぁぁっ。口の中で肉が蕩《とろ》けていきます」

「がぶっ、はぐぅっ！　……くくく、貴様にもやっと只人族《ヒューム》の作る『料理』の価値がわかってきたようだな。シロウ、追加を頼《たの》んでくれ。煮こみを六皿。こっちの香草焼きは七皿だ」

「……」

「んく、んく…………んんくっ。はぁ……。それなりに長き刻《とき》を生きてきましたが、小さき者の作る『りょーり』なるものが、これほどの美味とは知りませんでした。主様、こちらの『りょーり』をあと八つ。それと……こちらとこちらとあちらとそちらの『りょーり』もそれぞれ九つほどお願い致《いた》します」

「……」

セレスさんママゴンさんは、とんでもない量をぺろりと平らげていた。

そのスリムなウエストのどこに収まってるの？　とツッコミを入れたくなるほど、ものの凄《すご》いスピードで料理が消費されていったのだ。

育ち盛りのすあまがめっちゃ食べるなと思っていたら、その母親《ママゴンさん》はもっと食べるのだから驚《おどろ》きだよね。

でも驚いたのはこれだけじゃない。

セレスさんが、

「奴隷の食事を主人が用意するのは当然のことだろう」

と言えば、ママゴンさんもママゴンさんで、

「配下の者を世話するのは主様の務めです」

とか言い出すからビックリ。

秒速で消えていく料理の支払《しはら》いが俺持ちだなんて、そんなの聞いていない。

学生時代、俺に奢《おご》って貰《もら》うことが多かったプロレス研究会の後輩《こうはい》だって、ここまで厚かましくはなかったぞ。

わりと真剣《しんけん》に、二人には故郷や森に帰ってもらいたいかも。

「聞いているのかシロウ？　料理の追加だ」

「主様、新しい料理はまだでしょうか？」

「……」

俺は給仕《きゅうじ》を呼び、料理の追加を頼む。

給仕のお姉さんは引き笑いを浮かべたまま、厨房《ちゅうぼう》へと消えていった。

周囲の冒険者たちも、二人の食べっぷりにはドン引きの様子。

会計を考えると絶望しかない。

そんな俺の苦悩《くのう》を他所に、

「はいスーちゃん、シチューだよ」

「あぃ」

「すあま！　こっちのお肉もおいしいよ！」

「あぃ」

「すあまちゃ～ん。お魚も食べないとダメだよ～」

「あぃ」

隣のテーブルでは、すあまを囲んだアイナちゃんたちが和気あいあいと食事を楽しんでいた。

なぜ別々のテーブルなのか？　答えは簡単。

セレスさんとママゴンさんが注文した料理だけで、テーブルが埋《う》まってしまったからだ。

ホント絶望しかない。

追加の大皿料理が運ばれ、二人が競《きそ》うようにして平らげていく。

料理の消えっぷりは、まるでイリュージョンだ。

「……はぁ」

うなだれる俺の頬《ほお》を、肩に座《すわ》ったパティがぺちぺちと叩《たた》く。

「シロウ、大丈夫《だいじょうぶ》か？」

パティはアイナちゃんたちのテーブルには行かず、俺と一緒にこっちのテーブルに来てくれた。

曰《いわ》く、

「もしもあの二人がシロウに襲《おそ》いかかってきたら、あたいが相手するしかないだろ？」

とのこと。

次いで、

「あたいはシロウの親分だからな！」

とも。心強いったらないよね。

「親分……。あんまり大丈夫じゃないかも。主にサイフの中身的な意味で」

「アイツらいっぱい食べてるもんな。あたいだってあんなにたくさんは食べないぞ」

「ホント、いい食べっぷりだよねー」

「あ、あたいがビシッと言ってやろうか？　こう……ビシッ！　ってさ」

「ありがと親分。その言葉だけで俺は涙《なみだ》が出ちゃうぐらい嬉しいよ。でも相手は魔人とドラゴンだよ？」

「うっ……。で、でもっ、あの二人はシロウの子分なんだろっ？」

「自称奴隷《じしょうどれい》と自称配下《じしょう》だから、子分とも言える……のかな？」

「だ、だろっ？　ってことはさ、あたいの子分でもあるわけだ」

セレスさんとママゴンさんは、共に俺《おれ》を「主人」だと言ってきかない。

そしてパティは俺の親分だ。

俺が二人の上司とするなら、パティは役員クラスの偉《えら》い人と言えなくもない。

「つまり親分は、二人にとって大親分になるわけだ」

「そ、そうだ！　大親分だっ。あたいは大親分なんだぞ！　すごいだろっ？」

肩の上で、パティがえっへんとした。

心なしか、背の反《そ》り具合がいつもよりキレてる気がするぞ。

「きゃー。大親分かっちょいいー」

「茶化《ちゃか》すなよっ」

親分のほっぺがぷくーっと膨《ふく》らむ。

「あはは。ごめんごめん。ん、でも今回はホント大丈夫。これは俺の問題だからね」

「そ、そうか？」

「うん。そうだよ」

「そうか。で、でもホントのホントに困ったらあたいに言うんだぞ？　あたいはシロウの親分なんだからなっ。親分は子分が困ってたら助けてあげないといけないんだからなっ」

パティのこの面倒見《めんどうみ》の良さ、ホント俺も見習わないとだな。

◇◆◇◆◇

「お兄さんっ！　これはいったいどゆーことなんですよぅっ⁉」

ギルドの受付嬢《うけつけじょう》エミーユさんが声をかけてきたのは、魔人《まじん》とドラゴンの胃袋が満たされたころだった。

「どう、とは？」

振り返り、訊き返す。

目を吊《つ》り上げたエミーユさんが、指先をぴんと伸《の》ばす。

セレスさんとママゴンさんを交互《こうご》に指さし、

「この女たちのことですよぅ‼」

とキレ気味に叫《さけ》ぶ。

セレスさんとママゴンさんは無反応。

顔を蕩けさせ、心ここにあらずといった感じだ。

ギルド料理を存分に堪能《たんのう》した結果だろう。

「セレスさんとママゴンさんのことですか……」

「そうですよぅ！　お兄さんにはアタシとゆー掛け替《か》えのない存在がありながら、ムダに胸の突《つ》き出た女を二人も侍《はべ》らすなんて酷《ひど》いんですよぅ!!　アタシへの当てつけなんですよぅ！　これはもういますぐアタシと結婚《けっこん》して生涯《しょうがい》の愛を誓《ちか》い許しを請《こ》わないといけないんですよぅ!!」

「別に侍らせてないんですけどね」

「言い訳なんて聞きたくないんですよぅ！」

エミーユさんが耳を押さえ、嫌《いや》だ嫌だと首を振る。

「主様、そこの兎獣人《うさぎじゅうじん》は主様のお知り合いですか？」

「黙るんですよぅ！　アタシのお兄さんに気安く話しかけるんじゃないんですよぅ！　というかアンタこそ何者なんですよぅっ？」

エミーユさんがくわっと目を見開く。

何者かと問われたママゴンさんは、余裕《よゆう》の笑《え》みを浮《う》かべ手を胸に当てる。

「私の名はママゴン」

「それ仮称《かしょう》ですからね。決定じゃないですからね」

「主様に仕え、この身の全《すべ》てを主様へ捧《ささ》げる者です」

「あ、主様って誰《だれ》のことなんですよぅ？」

「こちらにいる――」

ママゴンさんが俺を手で示し、続ける。

「シロウ・アマタ様です」

「はぁぁぁぁぁっ⁉　お兄さんはぁぁぁぁっ⁉　これってどーゆーことなんですぅぅぅっっっ⁉　アタシこの白い女が何言ってるか、ずぇんずぇんわからないんですけどぉ？？？　説明を求めるんですよぅ‼」

「シロウ様は私の主。つまりは主人です。そこの兎獣人、私の主人に何か御用《ごよう》ですか？」

「しゅ、じ、ん、でぇすってぇぇぇぇ？？？」

エミーユさんが頭を抱えよろめく。

しかしすぐに復活すると、ママゴンさんへと詰《つ》め寄った。

「こんの泥棒猫《どろぼうねこ》がぁっっ‼」

「私を猫のような下等種と同じにされては困ります。私はドラゴンですので」

「なぁーにがドラゴンなんですよぅ！　寝言《ねごと》は寝《ね》てから言えってんですよぅ‼」

エミーユさんが、怒りを宿した眼差《まなざ》しをママゴンさんに向ける。

次いで、

「お兄さんには将来を誓い合ったアタシという婚約者《こんやくしゃ》がいるのに！　いるのに！　いきなり愛人が二人もだなんて！　それもおっぱいの大きな!!　し、か、も！」

エミーユさんが、憎《にく》しみの籠《こも》った眼差しをセレスさんに向ける。

「よく見たらそっちの女はあの時の魔ぞ――ふがふがふがっ」

「しーっ！　エミーユさんそれはしーっ！」

俺は慌《あわ》ててエミーユさんの口を塞《ふさ》ぐ。

抱き着くような形になってしまったが、不可抗力《ふかこうりょく》というやつだ。

ニノリッチと魔人族間で交流がはじまったとはいえ、セレスさんが魔人――魔族であることは、ギルド内でも一部の者にしか知らされていない。

町の住民を怖《こわ》がらせないためなのが大きな理由だが、他にも魔族というだけで不要な諍《いさか》いを起こさないためでもある。

セレスさんの正体を知っているのは、ギルドマスターのネイさんをはじめ、一部の上級冒険者《ぼうけんしゃ》と町長のカレンさんぐらいなのだ。

「ちょっとエミーユさん、セレスさんのことは当分の間内緒《ないしょ》にしようって、そう決まったじゃないですか」

エミーユさんの耳元に顔を寄せ、小声でこしょこしょと。

「あっ、ふぅ……あふぅっ……あっ。お……兄さん、そこは——み、耳っ！　アタシは耳が弱いんですよぅぅ……♥」

顔を赤らめ腰《こし》をくねくねしはじめたエミーユさん。

俺はパッと手を離《はな》し、即座《そくざ》に距離《きょり》を取る。

「もうっ♥　こんな昼間から抱《だ》き着いてくるなんて……お兄さんはエッチなんですよぅ♥」

ホント絶望しかない。

◇◆◇◆◇

「で、エミーユさんいま仕事中ですよね？」

「そうですよぅ。アタシはバリバリ勤務中なんですよぅ。アタシがここに来たのも業務のためなんですよぅ」

「えぇっ⁉　サボるためじゃなかったんですかっ？」

「なんですよぅ、その言い方は。アタシはマジメにお仕事してるんですよぅ。じゃないとギルドマスターに怒られるんですよぅ」

「……」

「あ、お兄さんその顔は呆れてますね？　そんな顔してると、お兄さん宛《あ》てに届いたお手紙は渡さないんですよぅ」

「へ、手紙？　俺に？」

「そうなんですよぅ。お手紙なんですよぅ。しかも王都からの特急便なんですよぅ」

「王都から？　王都に知り合いなんていないんだけどなぁ。とりあえず、手紙を見せて貰ってもいいですか？」

「まだダメなんですよぅ。手紙を渡すのは、手続きが終わってからなんですよぅ」

エミーユさんはそう言うと、視線で受付カウンターを示す。

手続きはあっちで、ということだろう。

「わかりました。セレスさん、ママゴンさん、俺ちょっと席を離れますけど、大人しくしててくださいね」

「わかった」

「承知しました」

「親分、二人を見ててもらえる？」

「いいぞ。あたいは大親分だからなっ」

「ありがと。じゃあ行ってくるね」

念のためデザートを一〇人分ほど追加注文し、俺はエミーユさんに連れられ受付カウンターへ。

受取証にサインをし、

「はい。お兄さんへのお手紙なんですよぅ」

やっと手紙を受け取る。

日本の人気キャラクターが描《えが》かれた便せんに、これまた人気キャラクターのシールで封《ふう》がしてある。そして表には、『シロウへ』の文字が。

差出人の名前は、見なくてもわかった。

なぜなら、この人気キャラクターのレターセットをプレゼントした相手は、この世界に一人しかいないからだ。

「これ、ジダンさんからの手紙だ」

それは『久遠《くおん》の約束』の会頭、ジダンさんからの手紙だった。

第三話　秘《ひ》められたメッセージ

マブダチのシロウへ。

突然《とつぜん》の手紙で驚いただろー。

オイラいまなー、なんと王都にいるんだぞー。


そんなユルい感じの冒頭《ぼうとう》ではじまった、ジダンさんからの手紙。

内容は王都のここが凄いとか、王都ではいまこれが売れているとか、王都に久遠の約束の支店を出そうと考えている、などなど。

近況報告《きんきょうほうこく》的なことばかりが書かれていて、文末は、

『シロウも王都に来てくれたら、オイラ嬉しいんだぞ～』

と締《し》められていた。

「これは……」

あごに手をやり、ふむと考《かんが》え込む。

……何かがおかしい。どうにも違和感《いわかん》がある。

そもそもこの人気キャラクターのレターセットは、『絶対に偽造《ぎぞう》されない』という理由から、ジダンさんが『必要なときのみ』使うと言っていたのだ。

「ふーむ」

もう一度読み返す。

ジダンさんとはよく手紙のやり取りをするが、それらは全て商談絡《がら》みのものばかり。

こんなプライベート丸出しな手紙なんて、いままで一度もなかった。

そもそも物流インフラが整っている日本とは違い、こちらの世界《異世界》では、手紙を一通出すだけでも大金がかかるのだ。

「……エミーユさん」

「なんですぅ？　あ、ひょっとして結婚の申《もう》し込みですかぁ？」

「違います。ぜんぜん違います」

「そんな全力で否定しないでくださいよぅ」

エミーユさんが唇《くちびる》を尖《とが》らす。

「それで、アタシに何を聞きたいんですかぁ？」

「この手紙ですけど、どうやってここまで届けられたんですか？」

「ああ、その手紙でしたら――」

エミーユさんが酒場に顔を向ける。

視線を追うと、そこには一杯《いっぱい》やってる屈強《くっきょう》な冒険者たちの姿が。

「あそこにいる王都の本部に所属する冒険者パーティが、ここまで運んで来たんですよぅ」

「へええ。わざわざ王都から？」

「そうなんですよぅ。冒険者の中には物品の運搬《うんぱん》を生業《なりわい》とする人たちもいるんですけど……あのシケた顔した連中は、ああ見えて銀等級の冒険者パーティなんですよぅ。シケた顔してるのに」

「別に顔と冒険者としての実力は関係ないでしょうが！　……って、ちょっと待ってください。手紙を一通配達するだけで銀等級が動いたんですか？　それもパーティ単位で」

「そうなんですよぅ。手紙を届けるためだけに、銀等級の冒険者パーティを動かすなんて大げさなんですよぅ。最初は王都の本部から、『ニノリッチ支部《こ》』への移籍《いせき》ついでに依頼《いらい》を受けたんだろう、って思ったんですよぅ。けどあのシケた顔した連中、明日ニノリッチを出て王都に戻るって言うんですよぅ」

「それ、ガチで手紙を届けるためだけに、ニノリッチまで来たってことですよね？」

「それも指名を受けて、なんですよぅ」

「指名……ああ、指名依頼ってやつですか。指名依頼は通常の依頼よりも、依頼料が割増しになるんでしたっけ？」

「絶対ってわけじゃないですけど、割増しになる傾向《けいこう》が強いんですよぅ。だってその冒険者たちじゃなきゃダメ、ってことですからねぇ。依頼者は信頼《しんらい》を。ギルドならギルドのメンツを懸《か》けて。それぞれ指名するわけなんですよぅ」

そこでエミーユさんは一度区切り、俺に向き直る。

「今回はギルドからの指名依頼だったみたいですよぅ。たった一通の手紙を運ぶために銀等級の冒険者パーティに依頼するなんて、ずいぶんと羽振《はぶ》りのいい依頼者もいたもんですよぅ」

簡単にまとめるとこうだ。

依頼者《ジダンさん》が、王都の冒険者ギルド（妖精の祝福本部）に「信頼できる冒険者に仕事を頼みたい」と相談する。

相談を受けた冒険者ギルドは、所属する冒険者の中から銀等級の『シケた顔した連中（エミーユさん基準）』を指名した。

そして大金を払《はら》った甲斐あり、こうして無事に手紙が届いたわけだ。

「つまり、それだけ重要な手紙だったということか。絶対に俺に届けなくてはいけないほどの」

パッと見、手紙の内容は完全にプライベートだ。

しかし、状況《じょうきょう》がそうではないと言っている。強く言っている。

銀等級の冒険者――それもパーティ単位を動かすとなると、その依頼料はかなりのものになるはずだ。

それなのに、手紙を一通出すだけで銀等級の冒険者パーティを指名するだなんて……。

となると、この手紙は「俺へ届けたかった」というよりも、「届けなくてはいけないもの」だったに違いない。

『シロウも王都に来てくれたら、オイラ嬉《うれ》しいんだぞ～』

文末にあった、締めの一文。

つまりジダンさんは……

「王都で俺の助けを必要としているのか？」

ジダンさんが俺を呼んでいる。そんな確信めいた予感。

よくよく見れば、手紙にはジダンさんがいる宿屋の名前が記載《きさい》されているじゃないか。

それも然《さ》りげなく。

まるで『ここに来てくれ』と、そう言っているかのように。

となれば、だ。

「王都に行くっきゃないじゃんね」

そんな俺の呟《つぶや》きが聞こえたようだ。

「お兄さん！　お、王都に行くってどーゆーことなんですよぅっ？」

エミーユさんが驚きの声を上げた。

「いえ、ちょっと友人が呼んでいるみたいなので」

「お友だちが呼んでるからって……。王都ですよ⁉　王都‼　こんなしょっぱい辺境の町からどれだけ離れてると思ってるんですよぅ！」

「それなんですけど、エミーユさん」

「なんですぅ？　もしかしなくても結婚の申し込《こ》みですかぁ？」

「ですから違います。そうじゃなくてですね、王都まで行くのにニノリッチからだとどれぐらいの日数がかかりますかね？」

俺の問いに、エミーユさんはまず舌打ち。

その後、眉根《まゆね》を寄せ「うーん」と考えはじめる。

いま脳内で計算が行われているのだろう。

「馬車で一〇日……ぐらいですかねぇ」

「一〇日もですか」

「ええ。それも順調にいって、という条件付きですけど。天気に嫌《きら》われると半月はかかるんですよぅ」

片道で一〇日から半月。往復ならほぼ一ヵ月だ。

いつでもばーちゃんの家に戻れるとはいえ、一ヵ月も店を空けるのは店主としてどうなんだろうか？

信頼できる店員、アイナちゃんがいる。

商品の追加なら、週末限定とはいえ妹たちもいる。

でも、さすがに一ヵ月は……。

「いや、悩《なや》む必要はないか」

俺は頭を振《ふ》り、余計な考えを追い出す。

友達が困っていて、俺の助けを必要としているんだ。

なら——
「やっぱ、行くっきゃないじゃんね」

◇◆◇◆◇

「問題は、どうやって行くかだな。徒歩はないから馬に乗るか。いや、俺は馬に乗れないから馬車を借りるか。いっそ買ってもいいな」

「お兄さん、悩んでますねぇ？」

「そりゃ移動の日数が日数ですからね」

「ふーん。まあ、お兄さんが王都に行くというのならアタシは止めないんですよぅ。というか、お兄さんみたいなおカネ持ちな商人が王都まで行くなら、護衛も雇《やと》った方がいいんですよぅ」

エミーユさんはそう言うと、酒場で盛り上がりはじめた『シケた顔の冒険者たち（エミーユさん基準）』に視線を送る。

「手紙を持ってきた銀等級のパーティに護衛依頼を出しますかぁ？　どうせ王都に戻るから、ついでに依頼を受けてくれる可能性が高いんですよぅ」

「彼《かれ》らですか」

酒場で盛り上がってる男六人組。

手前のマッチョから時計回りに、マッチョ、マッチョ、マッチョ、一つ飛ばしてゴリマッチョ。

ほぼ全員が、バキバキの筋肉おじさんで構成された集団だ。

彼らとの一〇日間に亘《わた》る旅路は、さぞかしむさ苦しいものになるだろう。

「……ちょっと考えておきます。知り合いの冒険者にもあたってみたいですしね」

「お兄さんならそう言うだろうと思ってたんですよぅ。でもシケた顔した連中に依頼する
なら、今日中に答えを出してくださいよぅ」

エミーユさんはそう言い、ふとなんとはなしに。

「と、こ、ろ、で、お兄さんのお友だちって、どんな人なんですかぁ?」

「ジダンさんですか? 簡単に説明すると、俺が所属する商人ギルドの会頭をやっている
人ですね」

「商人ギルドの会頭! ちょ、ちょ、すっごいおカネ持ちじゃないですか! お兄さんっ!

アタシに紹介《しょうかい》するんですよぅ! いますぐに!! いっそアタシもその人に会いに王都まで
ついていくんですよぅ!」

エミーユさんの瞳《ひとみ》が金貨色に染まる。

「別に紹介してても構わないですけど、彼は鳥人《バードマン》ですよ？」

「…………………鳥人？」

「ええ、鳥人です」

「むぅ……。どのぐらい鳥っぽいんですよぅ？」

「割とガッツリ。見せた方が早いか。この人です」

俺はスマホを取り出し、ジダンさんの画像を見せる。

画面には、俺と肩《かた》を組むジダンさんのフクロウな姿が。

エミーユさんの反応は早かった。

「アタシはお兄さん一筋なんですよぅ!!」

カウンターを乗り越《こ》え、がばちょと抱き着いてくるエミーユさん。

「さすがのアタシでも卵は産めないいんですよぅ！　だからアタシはお兄さんがいいんですようぅ！」

カネの亡者《もうじゃ》をひっぺがすには、それなりに時間がかかるのでした。

◇◆◇◆◇

「悪ぃなあんちゃん。あんちゃんの護衛をしたいのは山々なんだけどもよ、行き先が王都となると厳しいな」

そう言ったのは、冒険者パーティ『蒼《あお》い閃光《せんこう》』のリーダー、ライヤーさん。

エミーユさんを引っぺがしたタイミングでギルドにやってきた、蒼い閃光の四人。

道中の護衛をぜひ蒼い閃光にと、ライヤーさんに話を持ちかけたところ、先ほどの回答を頂戴《ちょうだい》した次第《しだい》だ。

「ですよねー。往復で一ヵ月かかっちゃいますもんね」

「…………シロウ、期間の問題ではない」

答えたのは、ライヤーさんの彼女《かのじょ》で魔法使《まほうつか》いのネスカさんだ。

パティの魔法《まほう》の師匠《ししょう》でもある彼女は、

「…………期間ではなく、行先が問題」

と続けた。

「行先……王都ですか?」

ネスカさんが頷《うなず》き、隣《となり》のロルフさんが口を開く。

「シロウ殿《どの》、王都は亜人種《あじんしゅ》への偏見《へんけん》が強いところなのです」

武闘《ぶとう》神官のロルフさんが嘆息《たんそく》交じりに言えば、猫獣人《ケットシー》の斥候《せっこう》、キルファさんが不機嫌《ふきげん》な顔で口を開く。

「……ボクがいるからみんな王都には行きづらいんだにゃ」

そういえば、蒼い閃光のみんなと初めて会ったときも言っていたっけ。

王都では獣人《じゅうじん》を嫌う人たちが多いって。

そんな人たちに嫌気《いやけ》がさして、ライヤーさんたち四人は辺境のニノリッチへとやって来たのだ。

「そう言うわけだ。すまねぇあんちゃん。今回ばっかりはおれたちも同行できねぇんだ」

「いえ、俺の方こそ配慮《はいりょ》が足らずすみませんでした。他を当たってみます」

「シロウ殿の護衛を務めるとなると、せめて水晶級以上の者でなければいけません。ですが、果たして水晶級以上の者が王都行を受けてくれるかどうか……」

「どういうことです？」

「………このギルドは、いま手が足りていない」

ジギィナの森で発見された、古代遺跡《いせき》の数々。

いま妖精《ようせい》の祝福に所属する水晶級以上の冒険者たちは、遺跡の攻略《こうりゃく》で手一杯《ていっぱい》。

なんせ遺跡に眠《ねむ》る財宝は、発見者した冒険者のものにできるのだ。

古代遺跡の財宝は、モノによっては一生遊んでも使い切れないほどの大金に換わる。

確実な報酬《ほうしゅう》をもらえるとはいえ、王都までの護衛依頼は一ヵ月もの間拘束《こうそく》されてしまう。

自分が冒険者の立場なら、どちらを取るかは明らかだろう。

王都までの護衛依頼を受けてくれる冒険者など、いまのギルドにはいないのだ。

「ホントすまねぇあんちゃん！」

「そんな、気にしないでくださいよ。無茶《むちゃ》を言ってるのは俺の方なんですから」

護衛の第一候補にして、ある意味唯一《ゆいいつ》の選択肢《せんたくし》であった蒼い閃光に断られてしまった。

となると、やはり手紙を届けてくれたマッチョ集団と王都へ向かうしかないのだろうか？

そう諦《あきら》めかけたときだった。

「というかあんちゃんよ、腕《うで》っぷしが強くて暇《ひま》そうなヤツなら、一人心当たりがあるぜ」

「お、誰ですか？　ハッ⁉　まさかエルドスさん？」

「違《ちが》う違う。エルドスの旦那《だんな》は確かに強《つえ》ぇが、護衛向きの性格じゃねぇ。そもそも旦那は護衛依頼を受けるぐらいなら、森で戦斧《せんぷ》を振り回してる方がいいだろうしな」

「それか酒場《ここ》でお酒を飲んでるか、ですね」

「だな」

エルドスさんの話題でライヤーさんと笑い合う。

「旦那じゃなくて、おれが言ってるのは……あいつのことだよ」

声を潜《ひそ》めたライヤーさんが、あごで後方を示す。

あご先が示すのは、酒場の隅《すみ》っこ。

そこには――

「貴様！　それは私が頼《たの》んだすいいつだぞ！」

「貴女《あなた》が食べるのが遅《おそ》いからですよ。あぐあぐあぐっ」

「あぁーーーっ!!　私のすいいつをっ！　殺す!!」

ママゴンさんといがみ合っている、セレスさんの姿が。

「あんちゃん、あの魔族に護衛を頼んでみちゃどうだ？」

第四話　護衛と移動手段と

ライヤーさんたちと会話を終えた俺は、

「――と、言うことでですね、セレスさんに王都までの護衛をお願いしたいんですよ」

元のテーブルに戻《もど》り、セレスさんに護衛をお願いしてみることに。

「ほう。私が護衛か」

「頼めますでしょうか？」

「この身はシロウの奴隷《モノ》だ。好きに使え。守れと命令するのなら、この身を挺《てい》してシロウを守ろう」

「俺は命令なんかしませんよ。だからこうしてお願いしているんです」

「違いがわからんな」

セレスさんが不思議そうな顔をする。

「主様、魔人を護衛にするなど、あってはなりません」

どうやらママゴンさんは、セレスさんが護衛につくことに反対の様子。

「ですがママゴンさん、王都までの道のりはとても危険で、場所によっては野盗や山賊《さんぞく》なんかも襲ってくるって話です」

「主様、『やとー』と『さんぞく』というのはどのような存在なのでしょう?」

「私も知らんな。なんだそれは？　只人族《ヒューム》の国にのみ存在するモンスターの名か?」

「簡単に説明すると、只人族が作り上げたルールを破り、自らすすんで同族を襲う者たちの呼称《こしょう》です」

「同族殺しか。婆様《ばあさま》から聞いたことがある。只人族は同族殺しが好きだと。あの話は本当だったのか」

「只人族はいつの時代も変わりませんね。嘆《なげ》かわしいことです」

なんか魔族とドラゴンに呆《あき》れられてしまった。

がんばれ只人族。そして地球のみんな。

「主様の向かう先に危険が潜んでいることは理解しました。であるのならば――」

ママゴンさんが胸に手を当て、静かに。でも力強く。

「私が主様をお守りいたします」

「いやいや、ママゴンさんにはすあまの子育てがあるじゃないですか。さすがに子育て中の方に同行はお願いできませんよ」

「でしたら娘《むすめ》も連れて行けば良いのです」

「……へ？」

「そうです。とても良い考えです」

ママゴンさんがぽんと手を打ち、にこりと微笑《ほほえ》む。

名案を思いついちゃった、そんな顔をしていた。

「いや、でもそれは……ねぇ」

人の姿になれるとは言っても、ドラゴンはドラゴン。

ママゴンさんにある程度の良識があると期待しても、すあまの行動は完全に幼児のそれだ。

興味を惹《ひ》くものがあれば、あっちへフラフラこっちへフラフラ。片時も目が離せない。

「うーん。すあまを連れて行くのはちょっと難しいような」

「娘は主様を父と認識《にんしき》しております。主様は己《おのれ》を慕《した》う娘を置いて、遠くへ行かれるのですか？」

「うっ」

それを言われると胸が痛い。

一ヵ月もの間、俺と会えないっていうのもすあまが可哀想だよな。

でも連れて行くとなると、やっぱり目が離せないし……。

思考が堂々巡《どうどうめぐ》りしかけたとき、ふとあることを思い出す。

「そうだママゴンさん」

「なんでしょう主様?」

「前みたく、ママゴンさんの背中に乗せてもらうことってできますかね?」

すあまを攫《さら》ったセレスさんを追いかけるため、ドラゴン形態のママゴンさんの背中に乗ったことは記憶《きおく》に新しい。

ママゴンさんの飛行速度が、とても速かったことも。

そんなわけで、ダメ元で訊《き》いてみたのだけれど、

「もちろんです。主様が望むのであれば、いつでもこの背にお乗りください」

快く快諾《かいだく》してもらえた。しかもどこか嬉しそうに。

「ですが――」

ママゴンさんが、隣のセレスさんに冷ややかな視線を送る。

「そこの魔人だけは、主様の頼みでも決して乗せませんが」

この言葉にカチンときたのがセレスさんだった。

「シロウ、不滅竜《ふめつりゅう》の背などやめておけ。貴様は私が運んでやるぞ」

とセレスさん。

ママゴンさんに対し、バチバチに対抗心《たいこうしん》を燃やしているぞ。

「俺《おれ》を運ぶ……。ど、どうやって運ぶんですか？」

「フッ、それはな……」

セレスさんが席を立ち、俺の背後に移動。

背後から俺の胸に手を回し、

「こうやってだ」

椅子《いす》からひょいと持ち上げる。

「……」

「どうだ？　あとは私が翼《つばさ》を出せば、シロウの行きたい場所へどこへでも連れて往《ゆ》けるぞ」

と、俺を抱き上げながらセレスさん。

密着感がとてもすごい。

「えっと、移動中は常にこのままですか？」

「このままだ」

「せめておんぶ形式で運べませんかね？」

「背負えば翼を動かせないだろう。だからこのままだ」

「ですよね。じゃ、ママゴンさんの背中に乗せてもらう方向で」

「なんだとっ⁉」

「主様の望むままに」

　こうして俺は、この上ない移動手段と、

「シロウ！　私だってシロウを運べるのだぞ！　聞いてるかシロウ！　こうやって――こうやって運べるのだぞ！　おいシロウ！　くっ……もういいっ。だが私も一緒《いっしょ》に行くからな！」

　過剰《かじょう》戦力ともいえる護衛を、同時に手に入れたのでした。

◇◆◇◆◇

　移動手段が決まったところで、王都へ行くことを親しい人たちに伝えることに。

　役場に寄り、カレンさんに店を壊《こわ》してしまった謝罪と、王都に行くのでしばらく留守にする旨《むね》を伝える。

「王都に行くだってっ⁉」

　行先が王都と聞いてカレンさんは驚《おどろ》いていたけれど、移動手段がドラゴンなんですと教えたら、もっと驚いていた。

すあまの正体がドラゴンであることは、カレンさんには話していた。

でも母竜《りゅう》――ママゴンさんが現れたのは今朝のこと。

予期せぬ母竜の登場に、腰を抜《ぬ》かすカレンさん。それどころか意識まで失いそうな勢いだ。

ドラゴンの存在は町の存亡にかかわる事案だから、カレンさんの反応は至極《しごく》当然。

「あ……あ……ドラゴンが……ドラゴンがわたしの町に……はぅ――」

卒倒《そっとう》しかかるカレンさんの背を、慌てて支える。

支えながら、ママゴンさんが人の姿をしていること。

俺を主と呼び、言うことを聞いてくれることを伝えると、なんとか持ち直してくれた。

最後には、

「シロウ、ドラゴンの――母竜のことは頼んだぞ。頼んだからな！」

と言ってくれた。

役所を出るとき見送りに来てくれなかったのは、きっとまだ腰が抜けていたからだろう。

次は妹たちだ。

役場からの帰り道、二人がやってる店『ビューティーアマタ』に寄る。

接客が一段落したタイミングで、王都に行くことを伝えた。

ばーちゃん家で俺に会えるからだろう。

詩織《しおり》と沙織《さおり》は、

「王都か～。詩織もいつか行ってみたいな～」

「兄ちゃん、王都に着いたら一回おばあちゃんの家と繋《つな》げてよね。あたしたちも遊びに行くから」

「さおりん、それサイコ～」

「でしょでしょ？　ナイスアイディアでしょ？」

「あ、にぃにお土産《みやげ》買ってきてね～」

「あたしのもよろしくー」

ちょっと一泊《ぱく》二日で旅行してくる、ぐらいの軽い反応だった。

ここまではオッケー。

問題は、アイナちゃんとパティだった。

町の広場に、アイナちゃんとパティを呼び出す。

ベンチに腰掛《こしか》け、二人に王都へ行くことを伝えた。

「シロウお兄ちゃん、おーとへいっちゃうの？」

「うん。ジダンさんが俺のことを呼んでるんだ」

「……そっかー」

アイナちゃんはしょんぼりしてしまった。

「なぁシロウ、『おーと』ってなんだ？」

「この国の王さまがいるところで、一番栄えている街のことだよ」

「オウサマ？」

パティの問いに答えたのは、アイナちゃん。

「パティちゃん、王さまっていうのはね、とってもえらいひとのことだよ」

「ふーん。どれぐらいエライんだ？」

「んと……んと……」

アイナちゃんが困った顔で俺を見上げる。

俺はそんなアイナちゃんの頭を撫《な》で、代わりに説明することに。

「親分にもわかるように説明すると、各部族の族長をまとめる存在のことかな」

「族長よりエライってことか？」

「うん。族長たちの族長って感じかな」

「よくわからないけど、シロウたち只人族の大族長ってことか」

「そゆこと」

理解できたからか、パティがふむふむと頷く。

次にパティは、アイナちゃんを見て、

「それで、なんでアイナが悲しい顔してるんだ？」

と訊いてきた。

俺は頭をポリポリ。

「それはね、王都がニノリッチから遠い場所にあるからなんだ」

「ふーん」

この世界では、一生を生まれた町で過ごす人が多いそうだ。

一歩外へ出れば、そこはモンスターや野盗なんかが徘徊《はいかい》する危険な世界。旅をするのも命がけだ。

危険を冒《おか》さず安全に暮らそうとするなら、故郷から出ないことが最も正しい選択《せんたく》なのだろう。

ステラさんは小さかったアイナちゃんを連れて、よく旅ができたよね。

尊敬しちゃうよ。母は強しだな。

「おーとはね、ニノリッチからとおいの……。シロウお兄ちゃんとね、しばらく会えなくなっちゃうの」

アイナちゃんが、しょんぼりと言う。

俺は少しだけ考え、

「アイナちゃん、」

「ん？」

「ステラさんがいいって言えばだけれどね、」

「……うん」

「アイナちゃんも一緒に行く？」

「っ⁉」

アイナちゃんも、王都へ誘《さそ》うことに。

答えは早かった。

「いく！　アイナもいきたい！」

両手をぎゅっと握《にぎ》りしめ、頬《ほお》を紅潮《こうちょう》させるアイナちゃん。

「んとねっ、おかーさんもねっ、シロウお兄ちゃんがいっしょならね、いいよっていってくれるとおもうの」

「よし。ならステラさんの許可が出たらアイナちゃんも一緒に行こう」

「うん！　アイナ、おかーさんにきいてくるね！」

「え、あ、いま？」

「うん。まっててねシロウお兄ちゃん、アイナ、おかーさんのところにいってくる！」

アイナちゃんは駆《か》け出し、家へ向かってぴゅーんと一直線。

確か、前にもこんなことがあったな。

アイナちゃんは、実は決断と行動が速いのだ。

「なあ、シロウ」

この場に残ったパティが、俺の頬をぺちぺちと叩《たた》く。

「なに親分？」

「あたいも行くからな」

「えぇっ⁉」

「な、なんだよその顔はっ？　次はあたいも連れてくって、前にそう約束しただろっ？」

以前、俺とアイナちゃんが、カレンさんに同行して領都マゼラへ行く機会があった。

二週間ほどニノリッチを留守にすると伝えると、パティは「領都に一緒に行く」と言って聞かなかったのだ。

しかし、パティが妖精族という珍《めずら》しい種族であること。

魔法のコントロールがうまくできないこと。

この二つの理由により、領都まで一緒に行くことができなかったのだが……。

「見てろ！」

パティが手のひらを広場の中心に向ける。

「ふんっ」

手のひらからテニスボールほどの火球が出て、広場の中心でポンと弾《はじ》ける。

ひと目で分かるほど、火力も炸裂《さくれつ》力も弱い。

ホーンラビット相手なら、なんとかダメージを与《あた》えられる……かも？　というぐらいの威力《いりょく》だった。

「おおっ！　威力が弱い！」

「どーだっ。お、驚いたかっ？」

「うん。すっごい驚いた」

以前ネイさんと特訓していたときは、何度やっても巨大《きょだい》な火柱が上がっていた。

ちゅどーん、ちゅどーんと爆発《ばくはつ》が起こり、その威力があまりにも危険過ぎるため、他所《よそ》の街に連れて行くことができなかったのだ。

それがどうだ？

いまパティが撃《う》った魔法は、まるでへっぽこ魔法使いのようではないか。

これはつまり、パティが魔法の威力をコントロールできるようになった証拠《しょうこ》に他《ほか》ならない。

「あたい、いっぱいいっぱいいっぱい練習したんだぞっ」

「うん」

「ネスカもな、あたいのこと褒《ほ》めてくれたんだぞっ！」

「うん」

「あ、あたいは魔力《まりょく》のコントロールができるようになったんだ！　だから――だ、だから……」

パティが続く言葉を詰《つ》まらせる。

代わりに、俺を上目遣《うわめづか》いに見つめていた。

俺は頷き、パティを手のひらに乗せる。

「親分、一緒に王都まで行こう」

瞬間《しゅんかん》、パティの顔が喜びでいっぱいになった。

「ホントか？　ホントにあたいも一緒に行っていいのかっ？」

「約束したからね。でも王都ではちゃんと隠《かく》れていてよ？」

「だ、大丈夫《だいじょうぶ》だぞ。あたいな、隠れるのもうまくなったんだ！　すごいんだぞ。アイナのカバンにこう……ささっと隠れてな、それで――……」

パティは頬を紅潮させ、どれだけ頑張《がんば》ったかを話し続けた。

その顔は輝《かがや》き、そして太陽のように眩《まぶ》しかった。


こうして、ステラさんから許可をもらったアイナちゃんと、魔法がコントロールできるようになったパティ。

二人も俺と一緒に王都へ行くことになったのだった。

なんだか、賑《にぎ》やかな旅になりそうだった。

◇◆◇◆◇

翌日の早朝。

王都へ旅立つ俺たちを、みんなが見送りに来てくれた。

「アイナ、シロウさんに迷惑《めいわく》をかけてはダメよ」

そう言ったのは、見送りに来たステラさん。

ステラさんはかがんで、アイナちゃんと目線を合わせている。

「あとアイナはお姉ちゃんなんだから、すあまちゃんのことを守ってあげるのよ」

「うん。アイナね、スーちゃんと手をつなぐの。そうしたらはなればなれにならないでしよ？」

「そうね。偉《えら》いわアイナ」

ステラさんが、その胸にアイナちゃんを抱《だ》きしめる。

行き先が王都だからだろう。

ステラさんは抱きしめたまま、名残惜《なごりお》しそうにしていた。

お次はカレンさん。

「シロウ、王都にはわたしの両親が住んでいる。何かあれば頼《たよ》るといい。あとシロウの身を保証する書面も作っておいた。これも一緒に渡しておこう」

カレンさんの手には、両親への手紙の他に、手書きの地図と書類が一通。

それらを受け取ると、

「その手紙にはシロウを助けてくれるよう書いてある。まあ、君たち商人の言うところの保険というやつだよ」

カレンさんが、パチリとウィンクした。

この手の仕草を見せてくれるのは、俺を親しく思ってくれているからこそだろう。

「ありがとうございますカレンさん」

もちろん、蒼い閃光のみんなも見送りに来てくれていて、

「あんちゃん、王都にいくならついでに支店を出してきちまえよ。あんちゃんなら大儲《おおもう》けできるぜ」

「…………ライヤー、それには同意できない」

「ぁん、なんでだよ？」

「…………シロウが王都で店を出してしまうと、ニノリッチに戻ってくるのが遅くなる」

「そ、それもそうか。あんちゃん、さっきの話はナシだ。やることやったらさっさと帰って来るんだぞ？」

「もうっ。ライヤーは考えなしに喋《しゃべ》っちゃダメなんだにゃ」

「ですがキルファ殿、いちいち考え言葉を選ぶようになってしまっては、私たちの知るライヤー殿ではなくなってしまいますよ？　それはそれで寂《さび》しく感じることでしょう」

「そっかー。じゃーライヤーはそのままでいいんだにゃ」

キルファさんの締《し》めの言葉で、俺たちは「わっはっは」と笑い合う。

完全な身内ネタだけれども、それが妙《みょう》に楽しかった。

みんなと挨拶《あいさつ》を終えたあと、

「みなさん、行って――」

きます。そう続けようとしたタイミングで、彼女が現れた。

「おにーーーさーーーーんっっ！　待ってくださいようぅぅーーーーっっっ！」

エミーユさんだ。エミーユさんが町の向こうから、全力疾走《しっそう》でこちらに向かっている。

手に分厚い紙の束が握られているのを見るに、また買物リスト（王都バージョン）を渡そうとしているに違いない。

「エミィが来たにゃ！　シロウ、早くいくんだにゃ！」

「………………ここはわたしたちに任せて」

「シロウ殿に近づかせはしません」

もうエミーユさんが魔物扱《まものあつか》いだ。

でも、これも蒼い閃光なりのジョークなのだ。

「行ってこい、あんちゃん！」

ライヤーさんが俺の背中をばしんと叩き、

「パティもあんちゃんのこと頼んだぜ？」

肩に乗るパティにも言葉をかける。

俺のことを託《たく》されたパティは、えっへんとして、

「あ、当たり前だろっ。あたいはシロウの親分なんだからな！」

親分の部分を、これでもかとアピールだ。

でもネスカさんが、

「………常に魔力のコントロールを忘れてはダメ」

「わ、わかってるよ！」

師匠として戒《いまし》めの言葉を贈《おく》ると、顔を真っ赤にしていた。

「じゃあ、行ってきます！」

みんなに見送られ、俺たちは王都へと出発した。

しばらくは徒歩で。ニノリッチが見えなくなったタイミングで、ママゴンさんがドラゴンの姿に戻る。

まず俺が、次にアイナちゃんとパティが。最後に、

「スーちゃん、アイナの手をにぎって」

「あぃ」

すあまがママゴンさんの背に乗り、王都に向けて飛び立つのだった。

「くっ……ま、待て不滅竜!!」

やはりと言うか、セレスさんは最後までママゴンさんに乗せてもらえなかった。

第五話　王都ラムズデル

王都までは、馬車だと一〇日以上かかるという。

でも、それがどうだ？

ママゴンさんの背に乗ること、三時間ばかり。

「シロウお兄ちゃん、あれ！　あれ見て！」

アイナちゃんの弾《はず》んだ声と共に、王都らしき街並みが見えてきた。

朝に出発して昼前には到着《とうちゃく》するのだから、ママゴンさんってば凄《すご》いよね。

しかもママゴンさんが周囲を結界で包んでくれたので、風圧を受けることもなかった。

もし結界がなかったら、きっと風圧に負け落っこちていたことだろう。

「うっひゃ～。あれが王都か」

「シロウお兄ちゃん、おしろも見えるよ」

「ホントだ」

「アイナ、おしろに入ってみたいな」

「あはは、さすがに中には入れないんじゃないかな。でも、人生で一度ぐらいはお城の中に入ってみたいよね」

「うん！」

王都は、俺が想像していた以上に大きかった。

まず目につくのは、街の中心にある大きな城だろう。

ファンタジーを体現するかのようにそびえ立つ白亜《はくあ》の城――王宮は、見ているだけでワクワクしてくる。

王宮を囲む塀《へい》の外側には、立派な屋敷《やしき》がいくつも建ち並ぶ。

あそこはおそらく、貴族とかおカネ持ちが住むエリアなのだろう。

富裕層《ふゆうそう》エリアを抜けると、こんどは大小様々な家が。

どうやら街の中心――王宮に近づくほど、資産だったり爵位《しゃくい》だったりの格が上がっていく仕様のようだ。

実家がおカネ持《太い》ちって、羨《うらや》ましいよね。

「あ……シロウお兄ちゃん」

「なんだいアイナちゃん？」

「んと、アイナたちこのままスーちゃんのおかーさんにのっていていいのかな？」

ママゴンさんは、王都を目指し真《ま》っ直ぐに飛んでいる。

王都の人たちからしたら、ドラゴンの襲来《しゅうらい》に他ならない。

「このままだと王都の人たちが驚いちゃうからね。近くに降りて、そこから歩くつもりなんだけど……いいかな？」

「うん。アイナいっぱい歩けるよ」

ふんすと気合いを入れるアイナちゃん。

まだ小さいアイナちゃんが、「歩く」と言っているのだ。

となれば、だ。

「ママゴンさん！」

俺はママゴンさんの背から身を乗り出し、

「あそこ！　あそこに見える森に降りてもらえますか？」

ママゴンさんにも見えるように、王都からほど近い森を指さした。

『承知しました』

ママゴンさんが高度を落としていき、ゆっくりと森に着陸。

全員が降りたところで、ママゴンさんが人の姿に変化した。

「よろしかったのですか主様、只人族《ヒューム》の集落に降りなくて？」

「いいんですよ。だって、いきなりドラゴンが現れたら王都の人たちがびっくりしちゃうじゃないですか。なんなら攻撃《こうげき》してくるかもしれませんし」

「ふふふ。只人族如《ごと》き、この私になにが出来ましょう」

「笑顔《えがお》が怖《こわ》いですよ、笑顔が。ママゴンさん、俺たちは戦いをしに王都まで来たわけじゃないんですからね」

「嫌《いや》ですわ主様、不滅竜である私と只人族では戦いにもなりません」

くすくすと笑うママゴンさん。

やっぱり笑顔が怖い。

「なら尚《なお》のこと不必要な戦いは避《さ》けてください。それよりも……セレスさん。その……だ、大丈夫ですか？」

「がはぁっ、はぁっ、ふしゅうっ、はぁっ、はぁっ――……」

「えっと、ちょっと休憩《きゅうけい》しましょうか？」

ママゴンさんの後ろ。

地面に四肢《しし》を投げ出し、大の字になったセレスさん。

「へひぁっ、はぁっ、ふしゅうっ、はぁっ、ふはっ……」

呼吸が荒《あら》く、汗《あせ》の量も尋常《じんじょう》じゃない。

一人だけママゴンさんに乗せてもらえなかったセレスさんは、ここまで自走（この場合は単独飛行かな？）してきたのだ。

コヒュー、コヒューと、死にそうな呼吸音が嫌でも耳に残る。

こんなの、生命の危機を感じずにはいられないじゃんね。

「わ、わたひの……こと……はっ、き、きにしゅる……な！」

「いや、気にしますって。とても歩けそうに見えないですよ。というか立てますか？　はい。俺の手を掴《つか》んでください」

セレスさんの側に行き、手を差し伸《の》べる。

しかし、

「きにしゅるなっ!!」

俺の手は、パチンと振《ふ》り払《はら》われてしまった。

「わた、わたしゅはひとりでもたて……たてりゅぞ！」

「あ、はい」

逆ギレ気味に叫《さけ》び、なんとか立ち上がるセレスさん。

相変わらず呼吸音がヤバイ。

「きゅうけいにゃど……ふ、ふようだ！　い、いきゅぞしゅろう！」

そう強がり、王都とは反対方向へ歩き始めるセレスさん。

方向が逆ですよと教えると、顔を真っ赤にして睨《にら》んでくるのでした。

◇◆◇◆◇

森にはモンスターが生息しているそうだ。

けれども、森を行く俺たちが襲《おそ》われることはなかった。

絶対的強者の気配を感じ取ったからだろう。

その相手が魔人《まじん》族であるセレスさんか、はたまたママゴンさんかはわからないけれども。

ともあれ何事もなく森を抜け、そこからは徒歩で王都を目指す。

三〇分ほど歩き、やっと到着した。

王都は高い塀に囲まれていて、門の前には長蛇《ちょうだ》の列が。

列の先頭では、衛兵が王都に入る人たちをチェックしている。

そういえば領都マゼラでも、入場待ちの列が凄かったな。

「おいシロウ！　ひゅ、只人族がいっぱいいるぞ！　いっぱい！　ここで収穫祭《しゅうかくさい》でもあるのかっ⁉」

フヒュ！！
コヒュ！！

アイナちゃんのカバンから顔を出したパティが、口をあんぐりと開ける。

パティは、ニノリッチしか人が住む町を知らない。

行列の人たちだけでニノリッチの人口を上回っているから、驚くのも仕方がないか。

王都へ入ったら、もっと驚くんだろうな。

「そうだよ親分。王都には人がたくさんいるんだ。親分は見つからないように隠れていてね」

「わ、わかってるよ！」

パティが渋々《しぶしぶ》といった感じに、首を引っ込《こ》める。

でも、隙間《すきま》からチラリチラリと顔を覗《のぞ》かせていた。

◇◆◇◆◇

入場待ちの列、その最後尾《さいこうび》に並ぶ。
商人。巡礼者《じゅんれいしゃ》。冒険者《ぼうけんしゃ》。いろんな人たちが並んでいた。
比率的には只人族が一番多い。
ライヤーさんが言っていたように、獣人《じゅうじん》などの亜人《あじん》族はほとんど見かけない。

たまにドワーフや、ハーフリングっぽい人を見かけるぐらいだ。

「シロウお兄ちゃん、王都って、マゼラよりもひとがいっぱいだね」

すあまと手を繋いだアイナちゃん。

ほっぺは紅潮し、瞳《ひとみ》はキラッキラ。

おまけに興奮からか、ふんすふんすと鼻息も荒い。

はじめて沖縄《おきなわ》旅行に行ったときの俺が、いまのアイナちゃんと同じような顔をしていたっけ。

「アイナ、はやくはいりたいな」

「そうだね。はやく入りたいね」

アイナちゃんと俺は全身をうずうずさせながら、順番がくるのを待つのだった。

◇◆◇◆◇

順調に列が進んでいき、もう少しで俺たちの番になりそうだ。

そこで一度、俺は仲間たちに向き直る。

「さて、これから王都に入るわけですが……その前に言っておくことがあります」

コホンと咳払《せきばら》い。

きりりと真面目《まじめ》な顔を作り、順番に仲間たちの顔を見ていく。

「いいですか？　衛兵の前では絶対に――絶対に騒《さわ》ぎを起こさないでくださいね」

「うん」

返事と共に、すあまの手をぎゅっと握り直すアイナちゃん。

背負っているカバンの隙間からは、パティが頷《うなず》いているのも見えた。

パティはカバンに隠れているし、すあまも幼児にしか見えない。

うん、妖精《ようせい》さんとキッズチームは大丈夫。

問題は……成人女性の二人だ。

「特に、そちらの二名は気をつけてくださいよ？」

「シロウ、まさか私に言っているのか？」

「如何《いか》に主様といえども、魔人と同列に語られるなど心外です」

俺の言葉に、セレスさんはやれやれと。

ママゴンさんは眉根《まゆね》を寄せ、心底嫌そうに。

「まずセレスさん」

「なんだ？」

「絶対に衛兵に手を出さないでくださいね。なにを質問されてもニコニコと笑っていてください。衛兵の質問にはすべて俺《おれ》が答えるので」

「笑う……。こ、こうか？」

「………。よし。やっぱり笑顔はなしでいきましょう。出来ればフードも被《かぶ》っててください」

「むぅ」

セレスさんは不満たっぷりな顔をしたけれど、文句を言わずにフードを被ってくれた。

「なるたけ、できる限り、全力で、静かにしていてくださいよ」

「フッ、そう心配するなシロウ。私はシロウの重荷にならぬよう、只人族について学んでおいたのだぞ。学びの中には、只人族の街に入るときの作法とやらもあった」

「へええ。誰《だれ》から学んだんです？」

俺の質問に、セレスさんは自信たっぷりな口調で。

「エミーユという兎獣人《うさぎじゅうじん》だ」

「絶対に！　絶対になにもしないでくださいね!!　というか一番信じちゃダメな人ですよ彼女《かのじょ》は！」

「むぅ」

「そしてママゴンさん」

「なんでしょう主様？」

俺は人差し指をピンと伸ばし、ママゴンさんの足元を指さす。

「一時的に、宙に浮《う》くのを止《や》めてもらえませんか？」

「面白《おもしろ》い冗談《じょうだん》ですね主様。そんなことをしたら足が汚《よご》れてしまいますよ」

人化したママゴンさんは、常に地面から数センチほど浮遊《ふゆう》している。

決して地面に足をつけず、すーっとホバー移動のように俺の後ろをついてくるのだ。

いくらここがファンタジーな世界とはいえ、だ。

周囲からも、そして物理的にも浮いているママゴンさんが、目立たないはずがなかった。

「ママゴンさんが着ている服と同じように、靴《くつ》も魔法《まほう》で出すことはできませんか？　いまだけ、王都に入るまでで――」

「次の者、来い」

背後から声がかかる。

ママゴンさんを説得中に、いつの間にやら俺たちの番がきてしまったようだ。

「どうした？　早く来ないか！」

こんどは強めに声がかかった。

俺は覚悟《かくご》を決め、にこやかな笑《え》みで振り返る。

振り返った先には、強面《こわもて》の衛兵が。

「いま行きます。さ、みんな行くよ」

みんなを伴《ともな》い、衛兵の前へ。

「男が一人に女が二人。それに子供も二人か。よくわからない組み合わせだな」

こちらのメンバー構成を見た衛兵が、素直《すなお》な感想を述べる。

「どこから来た？」

「ニノリッチから来ました」

「……聞かん名だな。どこにある？」

「この国の一番東にある町の名です」

「ああ、確か東にある辺境の町がそんな名だったな」

「ええ。優《やさ》しい方ばかりでとても住みやすい町ですよ」

「そうか。そんな辺境から王都に来た目的はなんだ？」

「俺たちは、商売の種を探しに王都まで来ました」

「商売の種だと？」

「ええ、俺は商人なので」

ホントは「友だちに呼ばれたから」と答えたいが、ここは王都。

そして俺はニノリッチの商人だ。

こちらの世界の基準では、呼ばれたからといってホイホイ遊びに行ける距離《きょり》ではない。

だからここは、商人という立場を全力でプッシュだ。

「……そこの娘《むすめ》たちはなんだ？　お前の子らには見えんが」

「この子はですね、」

俺はアイナちゃんの肩《かた》に手を置き、続ける。

「俺の商売を手伝ってもらっています。まだ小さいですが、読み書きも算術もできるんですよ」

「ほう。その年で大したものだ」

「ええ。おかげでとても助かってますよ。それでこっちの小さい子《すあま》も、いずれは俺の商売を手伝ってくれると信じています。ね、すあま？」

「あぃ」

俺が声をかけたタイミングで、すあまが元気よく返事をする。

それも手を挙げるアクションつきで。

「そうか。ん、がんばれよ」

「あい」

衛兵の励《はげ》ましに、すあまがこくりと頷く。その仕草の可愛《かわい》いこと可愛いこと。

幼児特有の可愛いオーラに魅了《みりょう》され、衛兵の口元も緩《ゆる》みはじめているぞ。

いまのところ、とてもいい雰囲気《ふんいき》。

このままいけば、無事に通してもらえそうだ。

そう安堵《あんど》しかかったときだった。

「では、その女たちはなんだ？」

衛兵の視線が、セレスさんとママゴンさんに向けられた。

内心ヒヤヒヤだけれど、顔には出さない。

「彼女たちは俺の護衛です」

「護衛？　冒険者か？」

「いえ、彼女たちは冒険者ではありません。ですが、腕《うで》は確かですよ」

「……ふぅむ」

衛兵がめっちゃ怪《あや》しんでいる。

特にセレスさん。

「そこの女、フードを取れ」

「……いいだろう」

セレスさんが目深《まぶか》に被っていたフードを取る。

出てきた美人顔に、衛兵が息を呑《の》むのがわかった。

「とても護衛には見えんな。武器の類《たぐ》いも見当たらない」

衛兵が、不審者《ふしんしゃ》を見る目をセレスさんに向ける。

「おい女、おま――」

「まあ待て」

衛兵の言葉を制し、自分の言葉を被せるセレスさん。

「フッ。貴様の要求はわかっている」

「……要求だと？　この女はなにを言って――」

「みなまで言うな。貴様はコレが欲《ほ》しいのだろう？」

妖《あや》しく微笑《ほほえ》むセレスさん。

懐《ふところ》に手を入れ、見慣れた鉱石を取り出した。

紅魔鉱石《くれないまこうせき》と呼ばれるレア鉱石で、売ればかなりの額になるものだ。

「遠慮《えんりょ》することはない。さあ受けと――」

「セレスさん！　ちょっとなにしてくれてんですか！　いやマジで!!」

大慌《おおあわ》てでセレスさんの手を掴む。

紅魔鉱石を一度没収《ぼっしゅう》し、セレスさんに突《つ》き返す。

「俺に任せてって言いましたよね！」

「むぅ。だがエミーユはこうすると良いと言っていたぞ。確か……『ソデノシタ』と言うんだったな」

「それ絶対にやっちゃいけないやつですからね！」

「わ、わかった」

俺の気迫《きはく》に圧《お》されたのか、セレスさんが渋々《しぶしぶ》了承《りょうしょう》してくれた。

拗《す》ねたような顔で、紅魔鉱石を懐に戻《もど》している。

「すみません衛兵さん。この女性はちょっと常識に疎《うと》くて」

「そ、そうか。辺境から来たのなら仕方もなかろう。だが……そっちの女はなぜ浮いている？」

「うふふ。そんな事も分からないとは、主様と違《ちが》い残念な頭をしているのですね。浮遊しなければ足が――」

「かっ、彼女は魔道を極《きわ》めんとする魔《ま》法使《ほうつか》いなんです！　だ、だからそのっ――その……そうっ！　浮いているのは修行《しゅぎょう》の一環《いっかん》なんですよ！」

「浮遊の魔法は、発動中常に魔力が減っていくと聞くが……辺境には変わった修行があるのだな」

「あ、あはは。まあ、のどかでいい町なんですけど、その分多様性に富んでまして。ね！アイナちゃん」

「ふえっ⁉　あ……う、うん！　ニノリッチはいいまちなんだよおじさん！」

俺の無茶《むちゃ》ぶりに応《こた》えてくれたアイナちゃん。

心臓がバクバクの俺。

もっとバクバクであろうアイナちゃん。

そして不信感を募《つの》らす衛兵。

数秒が永遠にも感じる。

王都に入れてもらえなかったらどうしよう？

いや、それならまだマシだ。

別室に連れて行かれ、取り調べを受ける可能性だってあるじゃんね。

どんどん不安が積み重なっていったが――

「なんだ、町長が身元を保証しているのなら早く出せば良かろうに」

カレンさんが用意してくれた、俺の身元を保証する書面。

そのおかげで、無事事なきを得たのでした。
ありがとう、カレンさん。

第六話　王都は危険がいっぱい

無事、王都へ入ることができた。

行き交《か》う人の多さに、さっそく、

「ふわぁ……ひとがいっぱい」

「シロウ！　なんだよこれ……と、とんでもない多さだぞ！　只人族《ヒューム》ってこんなにいっぱいいたのかっ⁉」

アイナちゃんとパティが圧倒《あっとう》されていた。

ぱっと見た感じ、領都マゼラより何倍も人が多い。

通りは活気に溢《あふ》れていて、あちこちから呼び込みの声も聞こえてくる。

「シロウお兄ちゃん、」

「ん、なんだい？」

「んと……はぐれないように、手をつないでいい？」

「いいよ。あ、でもこれだけ人が多いと、ずっとすあまの手を握《にぎ》ってるのは大変でしょ？」

「アイナ、へーきだよ?」

「でも三人で手を繋《つな》いでたら、通行の迷惑になってしまうしね」

「あ……そっか」

「うん。というわけで、」

俺はすあまを抱き上げ、

「……ママゴンさん、すあまをお願いします」

「承知しました。さあ、すあま。母の下へ来なさい」

「あぃ」

ママゴンさんへパス。

「まぅまぁ」

「あらあら、どうしたのすあま?」

「ちゅきぃ」

すあまが甘《あま》えた声を出し、ママゴンさんに頬《ほお》ずりしているぞ。

見ていてほっこりするよね。

「じゃあアイナちゃん、改めてお手をどーぞ」

「うん」

差し出した手を、アイナちゃんがぎゅっと握る。

「……えへへ。ありがとう」

「どういたしまして。それじゃあジダンさんを捜《さが》そうか」

「うん」

アイナちゃんと手を繋ぎ、ジダンさん捜しがスタートだ。

◇◆◇◆◇

ジダンさんは、『雷鳥《らいちょう》の止まり木亭《てい》』という宿屋に滞在《たいざい》しているそうだ。

王都の地理に明るくない俺たちは、地道に聞き込みをはじめることに。

「雷鳥の止まり木亭？　ああ、それならこの通りを真っ直ぐいったところだよ」

「ぁん、雷鳥の止まり木亭だぁ？　確かそんな名前の宿屋が東通りにあったたな。……東通りの行き方？　そこを左に曲がって突き当たりを右に真っ直ぐだよ」

「ええっ⁉　雷鳥の止まり木亭だってぇ？　チガウチガウ、こっちじゃないよ。あ、でもせっかくここまで来たんだ。知り合いがやってる宿屋を紹介《しょうかい》してあげようか？　雷鳥の止まり木亭よりも、もっともっといい宿屋で――――え？　友達が待ってるって？　あっそ。雷鳥の止まり木亭なら西通りにあるよ。じゃーねー」

「おやまあ雷鳥の止まり木亭へ行きたいのかい？　あの宿屋は王都にしては珍《めずら》しく獣人が泊《と》まれるところでねぇ。あたしの犬獣人の友達が………ん？　早く教えろだって？　せっかちだねぇ。雷鳥の止まり木亭なら南通りにあるよ。行き方は――――……」

道行く人に雷鳥の止まり木亭の場所を訊《き》き、教えられた通りの場所へ向かう。
けれども見つけることが出来ず、再び近くの人に訊き、また別の場所へ。
そんなことを七回ばかり繰《く》り返した結果――
「どこだよ、ここ？」
いつの間にやら、王都の外れへと来ていた。
あれだけ騒がしかった街の喧噪《けんそう》も、すでに彼方《かなた》。
というか、この辺の建物はみんなボロボロで、たまに人を見かけてもみな危険な雰囲気を醸《かも》し出している亜人の方ばかり。

どうやら、王都の中でもとりわけ治安の悪い地区へと迷《まよ》い込んでしまったようだ。

「シロウお兄ちゃん……」

アイナちゃんが不安げな声を出す。

俺は安心させるように頭を撫《な》でた。

「怖がらなくても大丈夫《だいじょうぶ》だよ。でも、念のため来た道を——」

戻ろうか、そう続けようとしたときだった。

「ちょっと——くっ、はなしなさい！　このぶれいものっ！」

どこからか、不穏《ふおん》な声が聞こえた。

声音《こわね》からしておそらく少女。それもまだ幼いようだ。

続けて、下卑《げび》た男たちの声も聞こえてきた。

「ぎゃははは っ！　オイオイお嬢《じょう》ちゃんよぉ。んな上等な服着てよぉ、ここいらを歩いてちゃダメだろうがぁ」

「そうだぜぇ。ここらにゃ悪いヤツがたくさんいるんだぜぇ」

「グヘヘ。オラたちみたいにナァ」

「ぎゃははっ！　ってなわけだ。オレたちと一緒《いっしょ》にきてもらおうかぁ」

「イヤよ！　だれがあんたたちと――この、はなしなさいったらっ‼」

下卑た男たちの声と、抵抗《ていこう》する少女の声。

一連のやり取りを耳にした俺は、辺りを見回す。


――どこだ？　どこから聞こえる？


この辺りは道が入り込んでいるため、見回しただけでは分からない。

「シロウお兄ちゃん、あそこっ。ぼーしがあるの！」

アイナちゃんが指さした先の路地に、青い帽子《ぼうし》が落ちていた。

形はベレー帽《ぼう》に似ている。見るからに値が張りそうなベレー帽だった。

「ってことは――あっちか！」

気づけば俺は走り出していた。

「あっ……シロウお兄ちゃんっ」

「アイナちゃんはそこにいて！」

「で、でも――」

「俺は大丈夫。セレスさんとママゴンさんはアイナちゃんたちと一緒にいてください。親分は俺のサポートをお願い！」

「ま、まかせとけっ！」

パティが、びゅーんと追いかけてくるのが気配でわかる。

薄暗《うすぐら》い路地に入り、潰《つぶ》れかかった木箱を飛び越《こ》え、声のする方へ。

近い。もうすぐだ。

角を二つ曲がった先には──

「もうっ……いいかげんはなしなさいよっ‼」

「いいからオレたちと来いってんだよ」

「ぜったいにイヤよ！」

いかにもチンピラですって男たちが、幼い少女の腕を掴み、連れ去ろうとしている。

少女の年齢《ねんれい》は、アイナちゃんと同じぐらいか。

落ちていたベレー帽と同じ、青をベースとした服。

きっとベレー帽とおそろいなのだろう。

首元に大きなリボンがついた少女の服は、見るからに高級品。きっと実家も太いのだろう。

「そう嫌がんな。別に取って食ったりしねぇからよ。ただお嬢ちゃんの親に、ちびーっとだけお小遣《こづか》いを貰《もら》うだけさぁ」

ベレー帽が落ちるほど暴れたからか、少女の髪《かみ》はぴょんぴょんと飛び跳《は》ねている。

脳裏《のうり》に『誘拐《ゆうかい》』、の二文字が浮かばずにはいられない状況《じょうきょう》だ。

「ねえ親分、あいつらの後ろに回りこめる？」

「あたいは妖精族だぞっ。そんなことよゆーだ。よゆーっ」

そう言うなり、パティがささっと建物の陰《かげ》に隠《かく》れる。

チンピラたちの背後に回り込むためだ。

この場に留《とど》まった俺はというと、

——大声を上げて、チンピラたちの注意を少女から逸《そ》らそう。


そう考え、大きく息を吸《す》い込んだところで——

「っ⁉」

少女が俺に気づいた。

というか、バッチリ目が合ってしまった。

その瞬間《しゅんかん》だった。

「ちょっとそこのあんた！　見てないでたすけなさいよねっ!!」


少女から発せられた言葉を理解するのに、たっぷり五秒は必要だった。

まさか命令口調で助けを『要求』、されるとは思わなかったからだ。

「なにボーっとしてるのよっ!!　あたしは『たすけなさい』っていってるのよ!!　きこえてないの？　それともことばがわからないわけっ？」

自身が危機的状況に陥《おちい》りながらも、この強気である。

アイナちゃんと同い年ぐらいなのに、なんて図々《ずうずう》しい……おっと。気の強い少女なのだろうか。

これに面食らったのは俺だけではなかった。

チンピラたちもまた、少女の傲慢《ごうまん》な——いやいや、必死な姿勢に驚《おどろ》きを隠せない様子。

まず少女を見て、次に俺を見て、また少女を見て俺を見る、という二度見を繰り返していた。

状況にふさわしい態度がいかに大切か、わかるというものだ。

けれども結果から言えば、この少女の行動は時間稼《かせ》ぎとして大正解だった。

声を上げるまでもなく、チンピラたちの意識が俺へと向けられる。

もう少しでパティが背後に回り込めそうだ。なら、気を取り直してっと。

建物の陰から飛び出す。

コホンと咳払いしてから、

「お前たち、こんなところでなにをしているんだっ！」

チンピラたちを指さし、声を張り上げた。

「んだぁ？　テメエはよぉ」

チンピラの一人——顔に墨《すみ》を入れた蜥蜴人《リザードマン》が睨んできた。

「通りすがりの商人だよ」

「そうかい。その商人さまがオレたちになんの用だ？」

「簡単なことさ。その子を解放しろ」

「ぎゃははははっ！　解放しろって言われて、素直に解放するバカがどこにいんだよ？」

もう一人のチンピラ、犬獣人が耳障《みみざわ》りな笑い声を上げ、

「ってわけだ商人さまよ。痛い目に遭《あ》いたくなきゃ……とっとと消えな!!」

墨入り蜥蜴人が凄《すご》む。

けれども俺はビビらない。この程度じゃぜんぜんビビらない。

こちとら異世界《こっち》に来てから、何度も恐《おそ》ろしい目に遭っているんだ。

一山いくらのチンピラなんかに、いちいちビビッてはいられない。

というか、殺気を放つセレスさんの方が万倍も怖《こわ》かった。

「その子を解放する気はない、と。見るからに頭の悪そうな君たちに、ちゃんと言葉が通じると思った俺がバカだったたか」

俺は大げさに、やれやれと肩をすくめる。

安い挑発《ちょうはつ》の言葉。けれどもチンピラたちには十分だったようだ。

「んだとテメェッ!!」

墨入り蜥蜴人が怒声《どせい》をあげた。

視界の端《はし》っこで、気配を殺したパティがそーっと移動している。

あともうちょい。チンピラたちの背後までもうちょっと。

「あれ、怒《おこ》った? 怒るってことは……ああ、頭が悪くても悪いなりにちゃんと考えることができるのか。頭が悪いなりに」

そう言い、プークスクスと笑う。

煽《あお》り耐性《たいせい》が低いのか、チンピラたちの反応は顕著《けんちょ》だった。

「死んだぞテメェ！」

「ぶっ殺してやるよ！」

墨入り蜥蜴人と、犬獣人のチンピラがナイフを抜《ぬ》く。

どちらも俺との距離は三メートルほど。

「切り刻んでやる!!」

「テメェは豚《ぶた》のエサ確定だぁ！」

チンピラたちが襲いかかってきた。

しかしチンピラたちにとって、このたった三メートルが果てしなく遠かった。

なぜならば――

「そーれ、ぷしゅーーーーっ!!」

空間収納《くうかんしゅうのう》から防犯スプレーを取り出し、迫《せま》りくるチンピラ二人に吹《ふ》きかける。

このスプレーは痴漢《ちかん》や暴漢相手に使われる護身用のもので、以前マーダーグリズリー相手に使った、クマ撃退《げきたい》スプレーよりは遥《はる》かに威力《いりょく》が弱い。

それでも、だ。

「ぎゃぁぁぁぁぁっ!!　鼻！　鼻がっ!?」

「目がぁ!!　目がぁぁぁぁぁぁぁあっ!!」

効果は十二分だったようだ。

チンピラ二人がナイフを取り落とす。

両手で顔を覆《おお》い、地面を転がりまわっているぞ。

これで残るチンピラは、あと一人。

少女の手を掴《つか》んでいるハゲ頭の男は、予期せぬ仲間のピンチにどうするべきか迷っていた。

となれば、いまこそ好機。

「親分いまだ！」

俺の合図でパティが飛び出す。

ぴんと伸《の》ばした人差し指を、残ったハゲ頭に向け――

「だから！　あたしは！　はなせっていってるのよーーーっ!!」

「ヒギャンフッッ!?」

パティが魔法を放とうとした寸前、悲劇が起きた。

なんと少女が、ハゲ頭の股間《こかん》を蹴《け》り上げたのだ。

それも思い切り。全力で。なんの加減も躊躇《ちゅうちょ》もなく。

俺の股間もヒュンとするほどの、凄《すさ》まじい蹴りだった。

「ほ、あ……が……」

「あたしに手をだしたのがうんのつきだったわね！」

女の子がハゲ頭を踏《ふ》みつけ、ツバを吐《は》きかける。

あらいやだ。この子ったらお行儀《ぎょうぎ》がとても悪いわ。

「いいザマね！　あたしに手をだしてこのていどですんだのよ。かんしゃしなさいよね。

そして……あんた！」

「お、俺？」

「そうよ、あんたよ！」

俺を指さし、少女がずんずんと近づいてくる。

「なにしてるのよ。もっとはやくたすけなさいよね！」

「えぇ……。助けられた側がそれを言うの？」

「なによ、もんくでもあるの？　べつにノロマなあんたがこなくても、あたし一人でヘー
キだったんだから」

少女はそう言うと、ぷいとそっぽを向いてしまった。

これには俺だけでなく、パティもあんぐりと口を開けていた。

助けようとした寸前でチンピラを倒《たお》したこともそうだけれど、なによりこの態度にだ。

あのパティが、口をぱくぱくしていた。

でも取りあえず、ジャスチャーとハンドサインでパティに隠れるよう伝える。

我に返ったパティが、さっと物陰《ものかげ》に隠れた。

でも少女が気になるのだろう。じーっとこちらを覗《のぞ》いていた。

「それよりあんた」

「尼田《あまた》士《し》郎《ろう》」

「……なに？」

名乗ると、女の子が露骨《ろこつ》に「は？」みたいな顔をする。

「俺の名前だよ」

「ふーん。かわったなまえね。ならアマタ」

目上の者に対し、いきなり呼び捨てである。

少女は身なりが良く、傍目《はため》にもわかるほど上等な服を着ている。

そしてこの態度だ。

ひょっとしたら、この子は貴族と呼ばれる人種なのかもしれないな。

ライヤーさん曰《いわ》く、「貴族は偉《えら》そうなヤツが多い」そうだしね。

「士郎だけでいいよ」

「へーミンのくせに、なにあたしに口ごたえしてるの。あたしがあんたのことをアマタとよんだのよ？　あんたはへんじだけすればいいの。わかったアマタ？」

「わかりました。それで俺にどんなご用でしょう、お嬢さま？」

敢《あ》えて少女の話に乗ってあげ、真面目《まじめ》な顔でそう訊いてみる。

しかし少女は、『お嬢様《じょうさま》』の部分にツッコミを入れるでもなく、さも当然のように。

「さっきぼうしをおとしたの。ひろってきて。あと、おなかがすいたわ。なにかたべさせなさい」

少女は礼も言わないどころか、俺をパシらせる気満々の様子。

ベレー帽を抱《かか》えたアイナちゃんがやってきたのは、それからすぐのことだった。

第七話　王都のわがまま娘

「はいお待ちどお。たーんとお食べ」

少女を助けたあと、俺《おれ》たちは王都のメインストリートへと戻ってきた。

そして女の子の空腹を満たすため、近くの食堂へ。

長方形のテーブルに、どんどん料理が運ばれてくる。

セレスさんとママゴンさんの胃袋《いぶくろ》事情に配慮《はいりょ》し、全力で注文した結果だ。

「さあ、食べようか」

俺の言葉に最初に応えたのは、さきほど助けた少女だった。

「ふーん。へーミン《平民》はこんなのをたべているのね。まずそうなのばっかじゃない」

ベレー帽を被《かぶ》り、頭から足下《あしもと》まで青にキメた少女。

まだ、あちこち髪が跳ね上がっているのを見るに、元々癖毛《くせげ》だったみたいだ。

ベレーのサイズがやや大きめなのも、癖毛を抑《おさ》えるためなんだろうな。

「食べてみないとわからないよ？　ひょっとしたら美味《おい》しいかもしれないし」

「あたしの口にあうとはおもえないわね。でもしかたがないからたべてあげるわ」

「あ、ありがと。さ、みんなも食べよ」

みんなで料理に手を伸ばす。

すあまの分をお皿に取り分け、カバンの中のパティにはアイナちゃんがこっそりと。

「「「……」」」

しばらくの間、もぐもぐと咀嚼《そしゃく》する音だけが場を満たす。

会話なんてない。なぜならば、

「ほら、やっぱりマズイじゃない。あたしのいったとおりね」

助けた少女の、この態度である。

「こんなマズイものしかたべられないなんて、へーミンはホントあわれね」

ナチュラルに「平民」という言葉が出てくる時点で、貴族なのはほぼ確定だろう。

まさか王都に着くなり、貴族の娘を拾うことになるとはね。

誘拐犯《ゆうかいはん》と間違《まちが》われないことを願うばかりだ。

でもいまは……。

対面に座《すわ》るママゴンさんをチラ見する。

変わらず微笑《びしょう》を浮《う》かべるママゴンさん。けれども、その額には青筋が立っていた。

顔に出さないだけで、怒っているのだ。

「……主様、」

「なんでしょうママゴンさん？」

「先ほどからそこの只人族《ヒューム》の幼体が、主様への礼を欠いております」

「おりますね。でも子供の言うことですから」

「主様に失礼を働くなど言語道断。滅《めっ》するご許可をいただけませんか？」

「いただけません！」

「ですが主様、只人族は子の悪《あ》しき行いに対し、『お仕置き』を以《もっ》て躾《しつ》けると聞きます。いまがその時ではないのでしょうか？」

「ダメったらダメです。俺たちは大人なんですよ？　子供の言うことをいちいち本気にしてどうするんですか」

「アマタ、どれも口にあわないわ。ちがうものをもってこさせて」

「っ……」

「なにだまってるのよ。はやくもってこさせなさいよ。ほんとへーミンはグズね」

「が、ガマンだ俺。心の上に刃《やいば》を置いて忍《しの》ぶんだ」

「主様は、ただご命じくだされば良いのです。この幼体を街ごと滅せよ、と」

「お仕置きのスケールが大きくなってますよ！」

少女の不遜《ふそん》な態度にママゴンさんが静かにぶち切れ、それを俺が諫《いさ》める。

この負のループこそが、テーブルの空気が悪い最大の理由だった。

「気を取り直してっと。冷める前に食べきっちゃいましょう」

なんとかそう取り繕《つくろ》い、食事を再開。

でも、このまま無言が続くのもよくないよな。

食卓《しょくたく》は楽しい会話と共に、が尼田《あまた》家のモットーなのだ。

「そういえば君の名前を訊いてなかったね。よかったら俺たちに教えてくれないかな？」

まずは取っかかりとして名前を訊くも、

「イヤよ。なんであんたたちにおしえないといけないのよ？」

コミュニケーションは不成立。

言葉のキャッチボールをする気ゼロですか君は。

「教えてくれないと、君のことをなんて呼べばいいか困っちゃうからね。それとも俺が勝手に名前をつけていいのかな？」

「っ……」

少女がぶすっとする。ならばもう一押《ひとお》し。

敢えて変な名前を提案し、本名を聞き出す作戦といこうか。

「んー、『花坂土瓶《はなさかどびん》ちゃん』とかどうかな？」

「素晴《すば》らしい名です主様！」

「あんたたち、あたしのことバカにしてるわねっ」

「只人族の幼体如《ごと》きが、主様が授《さず》けてくれた名に不満を申すのですか？　私など『ママゴン』なのですよ」

俺の作戦が、何やら変な流れに。

というかママゴンさん、ママゴン呼ばわりされることに不満があったんですね。

何度も言ってますけれど、ママゴンは仮称《かしょう》ですからね、仮称。

「そんなの、この男にセンスがないしょーこじゃない！」

「黙《だま》りなさい！　主様を誹《そし》るとは何事です。己《おの》が分をわきまえなさい」

「わきまえろですって!?　あんたたちこそあたしをだれだとおもってるの！」

ママゴンさんと少女が睨《にら》み合う。

どうしたものかと頭を抱えていると、

「貴様たち、わざわざ大声を上げねば会話も出来んのか？」

セレスさんがポツリと。

「魔人《まじん》……。あなたもこの只人族の幼体に文句の一つもないのですか？　主様が——貴女《あなた》の主でもあるシロウ様が誹られているのですよ？」

「フッ。所詮《しょせん》子供の言うことだろう。シロウの言うように本気にしてどうする」

セレスさんはそう言うと、肉の塊《かたまり》をもぐもぐごくり。

口を乱暴に手で拭《ぬぐ》い、続ける。

「それに、恐れを知らぬ子の方が良い戦士に育つ。不滅竜《ふめつりゅう》を恐れぬ子だぞ？　その子ほど将来に期待を持てる子など、他におらぬだろうよ」

不敵に笑うセレスさん。

少女の傲慢ちきな態度に対し、まさかの賞賛。魔人の基準だと将来有望とのこと。

こんな子ばかりだとしたら、俺は絶対セレスさんの故郷に行きたくない。

しかし少女は、セレスさんの言葉を聞き、

「っ……」

顔を赤くし、俯《うつむ》いていた。

さては褒《ほ》められるのが大好きだな？

態度がアレでも、子供は子供というわけか。

となれば、俺も便乗させて貰いますか。

「セレスさんの言うことにも一理ありますね。この子は暴漢に囲まれても、泣くどころか気丈《きじょう》に振《ふ》る舞《ま》い、戦う意思すら示しましたからね。他の子じゃ同じ真似《まね》はできませんよ」

「ほう。既《すで》に戦士としての資質を示しているのか。末が楽しみだな」

「っ……」

少女の顔がさらに赤くなる。

やがて、ぽつりと。

「……シェス」

「ん？」

「シェス、それがあたしのなまえよ」

少女改め、シェスがやっと名前を教えてくれた。

「シェスか。いい名前だね」

俺がそう言うと、

「あたしがなまえをおしえるのは、と、とくべつなんだからねっ。かんしゃしなさいよ！」

「うん。名前を教えてくれてありがとう、シェス」

「っ……。ふんだっ」

照れ隠しなのだろう。

またシェスがそっぽを向いてしまった。

「それよりアマタ、あたらしいりょうりはまだなの？」

シェスはそう言うと、前に置かれていた皿を手で押《お》し退《の》けた。

「もっとおいしいものをもってこさせて。そうね、スープがいいわ。スープをもってこさせなさい」

シェスのわがままに答えたのは、アイナちゃんだった。

これまで沈黙《ちんもく》を貫《つらぬ》いてきたアイナちゃん。

珍しく、その表情が少しだけ険しい。どことなく怒っている感じだ。

「シェスちゃん」

「なによ？」

「ごはんをのこしたらね、メッなんだよ」

「……」

アイナちゃんの言葉は続く。

「んと……シェスちゃんはしらないとおもうけどね、ごはんってね、しあわせなんだよ。ごはんを食べれるのはね、すごいことなんだよ」

持っていたフォークを置いたアイナちゃん。シェスを見つめ、

「シェスちゃん、きいて」

　ゆっくりと、幼い子に言い聞かせるように語りはじめた。

「アイナね、むかしね、ごはんが食べれなくていつもおなかがすいてたの。でもいまはね、シロウお兄ちゃんのおかげで毎日ごはんが食べれるようになったの。それってね、とってもしあわせなことなの」

　アイナちゃんが、料理の皿を手に取る。

「ごはんが食べられないひとはね、いっぱいいるんだよ。だからね、出されたごはんはのこしちゃいけないの」

　そう言い、料理の皿をシェスの前へ置いた。

　シェスが「口に合わない」と押しのけた、料理の皿だった。

「アイナといっしょに食べよ」

「……」

「シェスちゃんしってる？　ごはんはね、みんなといっしょに食べるとおいしいんだよ」

　アイナちゃんが微笑《ほほえ》む。

「……」

　シェスは、ぶすっとした顔をしながらも、

「わ、わかったわよ。そこまでいうならたべてあげるわ」

一度は突《つ》っぱねた料理を、再び口に運ぶのだった。

◇◆◇◆◇

それはお腹《なか》を満たした俺たちが、食堂から出たタイミングでのことだった。

「ひ——お嬢さまーーーっ！　ひめ——お嬢さまぁーーーーーっっっ!!　どちらにいらっしゃいますかーーーっ!!」

通りの向こうで、若い女性が『お嬢さま』なる人を捜していた。

歳《とし》は二十歳《はたち》そこそこかな？　俺よりは年下だと思う。

すらりとした長身で、髪は短く切りそろえたショートカット。

アクセサリーの類はつけておらず、代わりに腰《こし》から剣《けん》を下げている。女剣士《けんし》ってやつだ。

女剣士さんは、声を張り上げながら近づいてきて——

「ひ——お嬢さまーーー！　ルーザはここです！　ここにいます！　叱《しか》らないのでどうか出て——ひゃっ。……す、すまない！　よそ見をしていた」

通行人にぶつかった。

律儀《りちぎ》に頭を下げ、再び歩き出そうとしたところで――また別の通行人にぶつかる。

「――うわっ、あ、あ、あびゅ⁉」

今度はバランスを崩《くず》してしまったようだ。

よろめいたかと思えば足をもつれさせ、盛大にすっ転ぶ。

べちーん！　と、音が聞こえそうな勢いで。

けっこー痛そうな転び方だぞ。

あの女剣士さん、おっちょこちょいなのかな？

「ひぃぅぅう。痛いよぉ……」

膝《ひざ》を押さえ、うずくまる女剣士さん。

彼女《かのじょ》を見ていると、なんだか俺まで痛くなってきた。主に胸のあたりが。

さすがに可哀《かわい》そうに感じ、手を貸そうと手を伸ばしたところで――

「ちょっとルーザ！　みっともないわね。こんなところでなにないてるのよ！」

女剣士さんの前で、シェスが仁王立《におうだ》ち。

両手を腰にあて、女剣士さんを見下ろしているぞ。

「えっと、シェスの知り合い？」

「あたしのごえいよ」

「へえ。シェスには護衛がいるんだね」

ならなんでチンピラに誘拐されかかっていたんだろ？

あと、護衛なら手ぐらい貸してあげてもいいのに。

そんな俺の想《おも》いとは裏腹に、

「お嬢さまあぁぁぁ！　うわぁぁぁぁぁぁんっ!!」

女剣士──ルーザさんは、顔をくしゃくしゃにしてシェスに抱《だ》き着いた。

「よかったですぅぅぅ！　ご無事でよかったですぅぅううっ!!」

「ちょ──ちょっと！　は、はなれなさいよ！　こんなところで……は、はずかしいでしよ！」

「お嬢さまぁぁぁぁああああんんんっっ!!」

ルーザさんが泣き止《や》むのに、たっぷり五分はかかるのでした。

◇◆◇◆◇

「お前たち、ひ……お嬢さまが世話になったな」

やっと泣き止んだルーザさん。

「謝礼を受け取ってほしい」

ルーザさんが革袋《かわぶくろ》――おそらく財布《さいふ》――を取り出す。

「そんなのいりませんよ」

「いいやダメだ。受け取ってもらわなければ、私の誇《ほこ》りに傷がつく。嫌《いや》でも受け取ってもらうぞ」

俺の言葉には耳を貸さず、ルーザさんが財布の口を開いた。

手のひらに向けて、財布を逆さにする。


――ちゃりん。


出てきたのは、銅貨が三枚。

「っ……」

ルーザさんの顔が真っ赤に変わる。

「えい！　えい！　……あれ？　えいっ」

必死になって財布を振るルーザさん。

しかし頑張《がんば》りは報《むく》われず、財布は銅貨三枚以上を吐き出そうとはしなかった。

「……」

ルーザさんは無言。

真っ赤な顔で体をぷるぷると震《ふる》わせ、ただただ無言。

「……」

俺も無言。

この気まずい空気をどうしたものかと、ただただ無言。

やがて、

「う、受け取れ！」

ルーザさんが、銅貨三枚を俺に押し付けてきた。

それはもうぐいぐいと。

「えぇっ？　これはなんと言うか……逆に受け取りにくいと言うか、限界まで巻き上げてるみたいで夢見が悪いと言うか……おい、ちょっとジャンプしてみろよ、みたいで心が痛いと言うか……」

「い、いいから！　いいから受け取れ！」

ルーザさんが俺の手を取り、無理やり銅貨を握《にぎ》らせる。

「よし！　礼はしたからな！　……な、なんだその顔は？　したったらしたからな!!」

「あ、はい」

「よし！　さあ、ひ――お嬢《じょう》さま、行きましょう！」

ルーザさんはシェスを連れ、歩き出した。

シェスがこちらを振り返る。

アイナちゃんを見て、なにか言いかけては――その口をつぐむ。

けっきょく、シェスはなにも言わずに雑踏《ざっとう》へと消えていった。

シェスを暴漢たちから救い、食事を与《あた》え、アイナちゃんが少しだけ物の道理を教え、その対価として銅貨三枚を貰い受ける。

銅貨三枚は、日本円にすると三〇〇円だった。

第八話　ジダンとの再会

シェスと別れたあと、俺たちはやっと雷鳥《らいちょう》の止まり木亭《てい》に辿《たど》り着くことができた。

「さすが王都。ニノリッチの宿とは造りからして違《ちが》うな」

雷鳥の止まり木亭は、見るからに高級宿という雰囲気《ふんいき》だった。

日本人の俺からすると、感覚的にはホテルに近いかな。

中へ入り、受付にジダンさんを訪ねてきた旨《むね》を伝えると、

「シロウ⁉　なんで王都にいるんだぞーっ？　手紙を出してまだ半月なんだぞー。それなのにもう王都にいるなんて、いったいどーゆーことなんだぞー⁉」

すぐにジダンさんがやってきた。

ロビーで待っていた俺を見て、目を丸くしている。

まあ、見た目が完全にフクロウのジダンさんは、常に目がまん丸なんだけれどもね。

「お久しぶりですジダンさん。前回の取引以来ですね」

ジダンさんと握手《あくしゅ》を交《か》わす。

フクロウな外見に撫《な》でまわしたい衝動《しょうどう》に駆《か》られるが、ここはぐっと我慢《がまん》だ。

「おーう。久しぶりなんだぞー。アイナも久しぶりだなー。元気にしてるかー?」

「うん、アイナは元気だよ」

「すあまも元気かー?」

「あぃ」

アイナちゃんがにっこりと、すあまがこくんと頷《うなず》く。

「子供が元気なのはいいことなんだぞー。おー?　そっちの二人は、はじめて見る顔だなー」

「紹介《しょうかい》しますねジダンさん。こっちのむすっとした女性がセレスディアさんで、こちらの微笑を湛《たた》えた女性がすあまの母親で、暫定的《ざんていてき》にママゴンさんと呼んでいます」

「ま、ままごん?　変わった名前なんだぞー」

「いろいろありまして」

「そ、そうかー。オイラはジダン、よろしくなー二人ともー」

紹介が一段落したところで、ジダンさんの部屋へと移動する。

雷鳥の止まり木亭のなかでも一等良い部屋を借りているらしく、とても広々としていた。

最上階のスイートルームってやつだ。

荷物を置き、ソファに座る。

ここで最後の同行メンバーであるパティを紹介し（伝説の妖精族《ようせいぞく》にびっくりしてた）、いざ本題へ。

「シロウ、王都に来てくれてオイラ嬉《うれ》しいんだぞー」

「それはやっぱり、」

ポケットから、人気キャラクターがプリントされた手紙を取り出す。

目の前のジダンさんから送られてきたものだ。

「俺の助けを必要としているから、ということですよね？」

「そうなんだぞー。手紙に込《こ》めた裏のメッセージを理解してくれるなんて、さすがシロウなんだぞー」

「でなければ、わざわざこのレターセットを使った意味がありませんからね。それで……俺はなにをしたらいいんでしょう？」

「それなんだけどよー。実はシロウに会ってもらいたい方がいるんだぞー」

「俺に？　どなたです？」

「いいか？　驚《おどろ》いちゃダメなんだぞー」

そう前置きしたジダンさん。

自分の部屋なのに声を潜《ひそ》め、件《くだん》の人物の名を明かすのだった。

◇◆◇◆◇

翌日、俺はジダンさんと共にお城――王宮へと来ていた。

王宮に来たのは、俺とジダンさんのみ。

他のみんなは宿でお留守番だ。

昨日はアイナちゃんと「お城に入ってみたいね」と話していたけれど、まさかこんな形で願いが叶《かな》うとは思ってもみなかった。

戻《もど》ったら、アイナちゃんにお城の中がどんなだったか話してあげよう。

でもいまは――この場に集中だ。

「ゴホンッ。しょ、しょ、しょ、紹介するんだ――あ、『ご』が抜けちまったー！ ……ご紹介しますん…………ええっと、い、いまからご紹介いたしましやがるのはー……」

俺の隣《となり》で、ガッチガチに緊張《きんちょう》しているジダンさん。

対面の女性に俺を紹介しようとしているのだけれど……。

「ご紹介しやがる――ご、ご紹介されやがる――――ああっ！　こんなときなんて言ったらいいんだぞーーー!!」

富貴《ふうき》な方への言葉遣《ことばづか》いを気にしてだろう。

紹介しようとしては言い直し、その度《たび》に言葉を詰《つ》まらせては、またはじめからやり直す。

俺を紹介しようにも、未《いま》だ『士郎《しろう》』のシの字にすら至っていなかった。

場所は王宮の応接間。

壁際《かべぎわ》には五人のメイドさんが並び、対面のソファにはお美しい女性が一人。

もちろん、女性の背後には護衛の騎士《きし》も控《ひか》えている。

「そんなに緊張なさらないでください。お二人を招いたのはわたくしなのですから」

優《やさ》しい言葉をかけて下さったのは、何《なに》を隠《かく》そうこの国の王妃《おうひ》さま。

アニエルカ・なんとか・ギルアム王妃だ。（事前にジダンさんから聞いといた）。

王妃といっても、年は俺の一つ上。

サラサラのロングヘアに、深い緑の瞳《ひとみ》が印象的な美人さんだ。

「で、でも王妃さまに失礼はできないんだぞー」

「ここは公式の場ではありません。それにわたくしは王妃ではなく、一人の母としてお二人に頼《たの》み事《ごと》をする立場なのですから」

王妃さまはそこで一度区切ると、「それに」と続ける。

「わたくし、堅苦《かたくる》しいのが苦手なの」

和《なご》やかに微笑む王妃さま。

せっかく王妃さま自ら歩み寄ってくれたのだ。その想いに応じなければ、逆に失礼というものだろう。

「そうですか。いやー、実はぼくも堅苦しいのが苦手でしてね」

だからここは、敢えて砕《くだ》けた感じで接することに。

魔人や不滅竜という超常《ちょうじょう》の存在と一緒《いっしょ》にいるからか、我ながら図太くなったものだ。

「はじめましてアニエルカ王妃。ぼくは尼田《あまた》士郎。尼田が家名で名が士郎です。こちらにいるジダンが会頭を務める商人ギルド、『久遠《くおん》の約束』に所属するイチ商人です」

俺のフランクな物言いにジダンさんが驚き、護衛の騎士が眉根《まゆね》を寄せる。

けれども王妃さまだけはくすりと笑うだけ。

それは、俺に対する好意的な反応だった。

「さっそくですがアニエルカ王妃、ぼくをここへ呼んだ理由を教えてもらえますか?」

「もちろんです。わたくしが貴方を呼んだのは、」

王妃さまがまっすぐに俺を見つめ、続ける。

「シロウ、貴方に娘《むすめ》のドレスを仕立てて欲《ほ》しいからです」

◇◆◇◆◇

この国の王侯《おうこう》貴族には、八歳になった我《わ》が子を舞踏会《ぶとうかい》で披露《ひろう》する行事《イベント》があるそうだ。子を着飾《きかざ》らせ、舞踏会デビューさせる。

日本で言うところの七五三にあたるのかな？　もしくは最近浸透《しんとう》してきた二分《ハーフ》の一成人式とか。

話だけ聞くと、成長した我が子を見守る微笑ましい行事のように思える。

けれども詳《くわ》しく聞くと、そんな生易しいものではなかった。

なんせ参加者は王族や貴族ばかり。

王族として正しい振る舞いをしているか、言葉遣いからダンス、所作一つひとつに至るまで、貴族たちから厳しく見られるのだという。

また、子が女児の場合、将来の結婚《けっこん》相手——許嫁《いいなずけ》を見つける場になることが、往々にしてあると言うから驚きだ。

アニエルカ王妃は、王妃といえども一人の母。

母としては愛娘《まなむすめ》を精一杯《せいいっぱい》着飾《かざ》らせ、紳士淑女《しんししゅくじょ》ばかりの舞踏会へと送り出してやりたいのだろう。

「なるほど。話はわかりました。ですが、なぜただの商人であるぼくを呼んだのでしょうか？　ドレスを仕立てるにしても、王都なら腕《うで》の立つ職人がいくらでもいそうなものですが」

「あら、貴方には心当たりがないのかしら？」

「それは――」

ぶっちゃけ、心当たりはかなりある。

思い起こされるは、領都マゼラでの夜。

バシュア伯爵《はくしゃく》のパーティに呼ばれたカレンさんのために、俺はドレスと称《しょう》して魔《ま》法《ほう》少女のコスプレ衣装を用意したのだ。

まあ、魔法少女の衣装を選んだのはカレンさん自身だったけれどね。

だが俺の予想に反して、これが大きな反響《はんきょう》を得た。

カレンさんは貴族のご婦人と淑女《しゅくじょ》に囲まれ、「素晴らしいドレスざますね」と、べた褒《ぼ》めされていたのだ。

「シャルロッテに、貴方のことを聞いたのよ」

「すみません、どなたのことでしょうか？」

「マゼラを治める、バシュア伯爵の妻よ」

「ああ、伯爵夫人のことでしたか」

娘をお披露目《ひろめ》することになったアニエルカ王妃。

さてどんなドレスを作ろうかしら、と悩《なや》んでいるところに、件の伯爵夫人がそっと耳打ちしたのだという。

曰く、

——マゼラの商人ギルドに所属する者が、着る者を美の女神《めがみ》に変えるドレスを仕立てていたざます。

アルエニカ王妃の行動は早かった。

すぐに領都マゼラへ使いを出したのだ。

「シャルロッテから、マゼラの商人が素晴らしいドレスを仕立てたと聞き、その者が所属する商人ギルドの会頭を呼んだのです」

「オイラじゃドレスのことわからないからよー。シロウを呼んだんだー」

伯爵夫人からドレスの話を聞いた王妃さまがジダンさんを呼び、そのジダンさんが俺を呼ぶ。

なるほど。すべてはマゼラでの夜がはじまりだったのか。

やっと合点《がてん》がいったぜ。

「もちろん、相応の礼はさせて頂きます」

そこで一度区切ると、アニエルカ王妃の視線がジダンさんに向けられる。

ジダンさんは頷くと、

「王妃さまがよー、舞踏会が成功に終われば、オイラたちの商会を王都に出してくれるって約束してくれたんだぞー」

「それって、王都で『久遠の約束』の出店許可を頂けるということですか？」

俺の問いに、アニエルカ王妃は「そうですよ」と答える。

——王都に出店する。

これがどんなに難しいことか、領都マゼラで商人ギルド巡《めぐ》りをした俺には痛いほどわかった。

「この王都では、特別な許可を得た者しか商《あきな》いをすることができません。ですが、わたくしに力を貸してくれるのなら、わたくしも貴方たちに力を貸しましょう」

そう言うと、アニエルカ王妃はこちらの反応を窺《うかが》った。

「シロウ頼むんだぞー。こんなチャンス滅多《めった》にないんだぞー。王都には亜人嫌《あじんぎら》いがいっぱいいるけどよー。だからこそオイラ、王都で商売してみたいんだぞー。鳥人《バードマン》や獣人《じゅうじん》だって良い物を売れるんだぞーって、証明したいんだぞー」

ジダンさんの顔は真剣《しんけん》そのもの。

自ら困難な道のりに挑《いど》まんと、瞳の奥《おく》に炎《ほのお》を宿している。

本気で王都に店を出そうとしているのだ。

「ふーむ」

俺《おれ》は腕を組み、考《かんが》え込む。

王都での商売は確かに魅力的《みりょくてき》だ。そもそも人口が多いってだけで、売上が見込《みこ》めるからだ。

その上ママゴンさんの背中に乗れば、その日のうちに往復だってできる。

なによりジダンさんの想いだ。

王都での亜人種族への偏見《へんけん》や嫌悪《けんお》。それを塗《ぬ》り替《か》えようとしているジダンさん。

「シロウ、娘のドレスを仕立ててはもらえませんか?」

改めて王妃さまが訊《き》いてくる。

この国のヒエラルキーにおいて、限りなくトップに近いお方が俺に頼み事をしている。

「シロウ頼むんだぞー。この通りなんだぞー」

大切な友人が、俺に頭を下げている。

となれば、だ。俺の答えなんて、ハイかイエスの二択《たく》しかなかった。

「お話は理解しました」

居住まいを正し、続ける。

「ぼくでよければ、王女殿下《でんか》のドレスをご用意させていただきましょう」

そう答えると、王妃さまの顔が喜びで満ちた。

ソファから立ち上がり、俺の手を取る。

「シロウ、感謝します。すぐに娘を呼びますわ」

王妃さまが、メイドの一人に目配せする。

「娘をここに」

「かしこまりました」

メイドが一礼し、応接間から出ていった。

待つこと数分。

「殿下をお連れしました」

現れたのは――

「うえぇっ!? き、君は――」

「あ、あんたは――」

まさかもまさか。

暴漢たちから助けた少女、シェスだったのだ。

第九話　シェスフェリア王女殿下

「っ……」

俺を見たシェスが、目を見開いている。

予期せぬ再会なんてもんじゃない。

我がまま娘だから貴族かな、とは思っていたけれど、まさかこの国の王女だったなんてね。

「「……」」

バッチリ目を合わせたまま、固まる俺とシェス。

そんな俺たちを見て、アニエルカ王妃は不思議に思ったのだろう。

「どうしたのシェスフェリア？　まさか二人は面識が――」

「ちがうわお母さま！　あっと……あ！　カミ！　めずらしいカミのいろをしてるから、きになってしまったのよ！」

「そうなの？　でもシロウもシェスフェリアを見て驚かれていた――」

「そ、それはですね！　なんて言いますか――ああっ！　シェスが――じゃなくて、シェスフェリアさまがとてもお可愛《かわい》いので！　もうその愛らしさにビックリしてですね、見惚《みと》れてしまったんです!!」

シェスと俺は、必死になって誤魔化《ごまか》した。

不本意ながら、申し合わせたわけでもないのに息がピッタリだ。

「まあ、貴女《あなた》の事を『可愛い』ですってよ。良かったわね」

娘を『可愛い』と褒められたからだろう。

アニエルカ王妃は喜び、

「ウ、ウレシイデスワ、オカアサマ」

「イヤー、ホントウニオカワイイデスネ」

シェスと俺は、棒読みでやり過ごすのだった。

◇◆◇◆◇

「シェスフェリア、紹介するわ。こちらが貴女のドレスを仕立ててくれる方たちよ」

「は、はじめましてシェスフェリア殿下。商人の尼田士郎《あまたしろう》と申します」

「久遠の約束のギルドマスターで、ジダンだ……ですぞー」

俺とジダンさんは一度立ちあがり、胸に手を当てお辞儀《じぎ》をする。

ギルアム王国流の作法で、シェスに対しては二度目ましての自己紹介《じこしょうかい》。

「ワ、ワタクシがシェスフェリア・シュセル・ギルアムよ」

保護者同伴《どうはん》の場だからか、シェスが昨日よりずっと大人しい。

昨日は自分のこと「あたし」って言ってたのに、いまは「ワタクシ」ときた。

王女だから、母親の前だと言葉遣いを気にしないといけないんだろうな。言い慣れてないのが、ちょっと悲しい。

シェスの背後には、女剣士から女騎士となったルーザさんが付き従っていて、

「っっっっ!!」

昨日のことは言うなよ？　絶対に言うなよ！　と必死に目で訴《うった》えていた。

目に凄《すご》みを感じる辺り、シェスから俺たちとのあらましでも聞いたのだろう。

ルーザさんの正体は、シェスの護衛騎士。

シェスが――王女が暴漢に襲《おそ》われていたことが暴露《ばくろ》されようものなら、騎士失格どころか処刑台《しょけいだい》送りでもおかしくはない。

だから彼女は無言で訴えかけているのだ。口ではなく、血走らせたその目で。

テメェ絶対に話すなよ、と。

「――ということなの。シェスフェリア、貴女の舞踏会でのドレス、シロウが仕立ててくれることになったのよ」

「……はい」

「あのドレスにうるさいシャルロッテが絶賛するほどですもの。きっと素晴《すば》らしいドレスを仕立ててくれるわ。そうですよね、シロウ？」

「もちろんですとも。ぼくの伝手《つて》をフルに使い、誰《だれ》も見たことがないような美しいドレスをご用意してみせます」

「ですって。楽しみねシェスフェリア」

「……はい」

ノリノリな王妃に対し、シェスはいまひとつ元気がない。

暴漢の股間《こかん》を蹴《け》り上げていた彼女は、いったいどこにいってしまったのだろうか。

「……シェスフェリア、貴女まだ舞踏会に出たくないの？　八歳になってもう九ヵ月が経《た》つのよ？　九歳の誕生日を迎《むか》える前に行わないと、貴女だけではなく陛下まで笑われてしまうわ」

「……」

王妃の言葉に、シェスが俯《うつむ》いてしまった。

「……わかっていますお母さま。でもワタクシは――」

シェスが何か言いかけた、その時だった。

「姉様、お邪魔《じゃま》するわよ！」

突如《とつじょ》、ノックもなく応接間の扉《とびら》が開かれた。

「あーら、ここにいましたのね」

やって来たのは、ド派手なドレスを着た貴婦人。

付き従う侍女《じじょ》や護衛の数が、アニエルカ王妃の比ではない。

「エリーヌ……」

アニエルカ王妃が呟《つぶや》く。

表情を見る限り、アニエルカ王妃にとって好ましくない来客のようだ。

「あらあら姉様、こんな何もない部屋でなにをしているのかと思えば……」

チラリとこちらを見たド派手な貴婦人。

取り巻きの侍女からハンカチを受け取ると、眉根を寄せ鼻と口を覆《おお》う。

「鳥人となにをしていますの？　ギルアム王国の第一王妃である姉様が、まさか鳥人と会っているだなんて……。こんなことが知れたら王宮中の笑いものでしてよ」

ジダンさんをディスりつつ、責めるような視線をアニエルカ王妃に向ける。

「っ……」

隣のジダンさんが体に力を入れるのがわかった。

暴言に耐《た》えているのだろう。

「アニエルカ王妃、こちらのご婦人はどなたでしょうか？」

そう訊いてみると、

「貴方《あなた》、この私を知らないの？」

蔑《さげす》みの視線が、今度は俺へと向けられた。

「不勉強で申し訳ありません。なにぶん、昨日辺境から出てきた身でして」

「辺境ですってっ⁉」

乱入してきたド派手な婦人は大げさに驚き、勘弁《かんべん》してちょうだいよとばかりに顔をしかめる。

「鳥人だけじゃなく辺境の野蛮人《やばんじん》まで王宮に入れるだなんて……。姉様ったら勝手が過ぎますわ」

ド派手な婦人はそう言うと、俺たちを見下しながら何者であるかを名乗る。

「よくお聞きなさい辺境の民よ。私の名はエリーヌ・エステド・ユペール・ギルアム。ユペール公爵《こうしゃく》の娘にして、この国の第二王妃でしてよ」

第二王妃が名乗った瞬間《しゅんかん》、隣でジダンさんが跪《ひざまず》いた。

遅《おく》れて俺もそれに倣《なら》うことに。

アニエルカ王妃が例外なだけで、この世界では王族を前にしたとき、平民は跪かねばならないのだ。

「ウフフフ。お前たちのような下賤《げせん》な者、本来なら私を目にすることすら許されないのよ。この幸運を古今の神々に感謝することね」

そんな第二王妃の物言いに、

「エリーヌ、わたくしの客人たちに失礼ではありませんか？」

アニエルカ王妃が苦言を呈《てい》した。

けれども、その声は硬《かた》い。

同じ王妃という立場でありながら、第二王妃の方が偉《えら》そうだ。

なにか理由があるのかもしれないな。

「客人？　その者たちが？」

「はい。この者たちを呼んだのはわたくしです。ジダン、シロウ、椅子《いす》にお戻りなさい」

「は、はいですだぞー」

「わかりました」

アニエルカ王妃の許可を得て、俺とジダンさんはソファに座《すわ》り直す。

第二王妃の視線が痛い。

「第一王妃ともあろう姉様が、鳥人と辺境の民を客人扱《あつか》いするだなんて……。いったいこの者たちを呼んだ理由はなんですの？」

「それは……シェスフェリアのドレスを仕立てるために呼んだのです」

その言葉を聞いた第二王妃はしばらくぽかんとして、

「ドレス？　シェスフェリアの？　……ぷぷ、…………うぷぷぷぷっ」

やがて堪《こら》えきれなくなったのか、腹を抱《かか》えて笑いはじめた。

「嫌ですわ姉様。よりにもよってドレスですって？　鳥人に――辺境の野蛮人にドレスを仕立ててもらう？　姉様、それはあんまりではないですか。シェスフェリアが可哀《かわい》そうだわ」

第二王妃はそこで一度区切ると、シェスに歩み寄り、

「ねぇ？　あなたもそう思うわよね、シェスフェリア？」

不意に、その頭を撫でた。

「っ……」

頭を撫でられたシェスが、びくりと身を硬くする。

それに気づきながらも、第二王妃は撫でることを止めはしない。

「あらシェスフェリア、この髪《かみ》はどうしたことなの？　こんなにも髪が跳《は》ね散らかって……いったい貴女の侍女はなにをしているのかしら。主人のみっともない髪を放っておくなんて……。シェスフェリアが可哀そうだわ。ねぇ？」

「……」

同意を求める第二王妃に対し、シェスは無言を貫《つらぬ》く。

じっと顔を俯かせ、肩《かた》を震わせていた。

「エリーヌ」

見かねたアニエルカ王妃が言葉をかける。

しかし、第二王妃は止まらない。

「姉様もシェスフェリアのドレスを仕立てる暇《ひま》があるのなら、御櫛《おぐし》のひとつでも教えてはいかがですの？　髪を獣《けだもの》のように波立てるだなんて、王族としてみっともないですわよ」

「……」

シェスはベレー帽《ぼう》を両手で掴《つか》むと、より深く被《かぶ》った。

癖毛《くせげ》を隠そうとしているのだろう。

「あら、どうしたのシェスフェリア？　ああ、御櫛を忘れたことを思い出したのね。だから御帽子《ぼうし》で隠そうとしているのね」

「エリーヌ！」

アニエルカ王妃が、今度は強く第二王妃の名を呼ぶ。

しかし、少し遅《おそ》かったようだ。

「っ……」

シェスの目に、涙《なみだ》が溜《た》まりはじめた。

「あらあら、涙なんか浮《う》かべて。獣のような髪が恥《は》ずかしいの？　明日からは御櫛を忘れてはいけませんよ」

「エリーヌ！」

ついにアニエルカ王妃が立ち上がった。

シェスと第二王妃の間に体をねじ込む。

「なんですの姉様？　そのような怖《こわ》いお顔、姉様には似合いませんわよ」

「シェスフェリアの髪は……生まれつき癖《くせ》がついているのです。揶揄《からか》わないであげてください」

「あーら、私とした事が……。そうだったわね。シェスフェリアの髪は――」

第二王妃がニタリと笑う。

悪意に満ちた昏《くら》い顔だった。

「陛下にも姉様にも似ず、はじめから獣のように波打っていたんでしたわね」

「っ……」

アニエルカ王妃が唇《くちびる》を噛《か》みしめる。

俯いたシェスの顔は、もう見ることができなかった。

「陛下も姉様も絹のようにお美しい髪ですのに、どうしてシェスフェリアはこんなにも見苦しい――おっと。このような髪に生まれてしまったのでしょうねぇ？」

「……」

シェスは答えない。

俯いたまま、第二王妃の悪意に耐えている。

ベレー帽で頭を隠すその姿は、嵐《あらし》が通り過ぎるのを待っているかのようだった。

「聞くところによると、一部の者たちは姉様の不義を疑っているとか。ああ、私は違いますよ？　私は姉様のことを信じていますもの。敬愛する陛下を裏切るだなんて……ねぇ。そんなこと姉様がするはずありませんわ」

第二王妃がねっとりとした、粘《ねば》っこい視線をアニエルカ王妃に送る。

「シェスフェリアの瞳は、陛下と同じ蒼色《あお》です。シェスフェリアの蒼色の瞳こそが、陛下の血を引く証《あかし》となりましょう」

「ですが姉様、蒼色の瞳など王宮にはいくらでもいますわ」

「っ……」

アニエルカ王妃の足が震《ふる》えていた。

目の前の第二王妃が――この性根《しょうね》の悪い女が心底怖いのだろう。

それでもシェスを背にかばったまま動かないのは、アニエルカ王妃が母親だからだ。娘を愛する、母親だからだ。

なんとなく、アニエルカ王妃の姿がステラさんと重なって見えた。

……となれば、だ。

男、尼田士郎。残忍《ざんにん》な毒婦から、シェスフェリア殿下をお救いいたしますか。

「ええ？　シェスフェリア殿下が癖毛なだけで、アニエルカ王妃の不義を疑う者がいるのですか？」

わざとらしく驚く俺に、第二王妃がにんまりする。

まだまだシェスをサンドバッグにできそうだ、そんな顔をしていた。

「ええ、そうよ。陛下とも姉様とも髪が違《ちが》うから、別に父親がいるのではないか？　王宮ではそう噂《うわさ》されているのよ。この国の王妃に対して失礼な噂だわ。姉様もシェスフェリアも可哀想《かわいそう》。辺境の民、貴方もそう思いますでしょう？」

「同感です。エリーヌ王妃」

「おほほほほ。そうよね。そう思うわよね！　おほほほほほっ」

相づちを打つと、第二王妃が気分良く笑い出した。

さーて、そろそろ性格のねじ曲がった王妃に反撃《はんげき》といきますか。

「ええ。思いますとも。……ですが、一番可哀想なのは、そんな噂を流している方たちですね」

「……」

王妃の笑い声がぴたりと止まった。

けれども俺は構わずに。

「ところでアニエルカ王妃、一つ伺ってもよろしいでしょうか？」

「な、なんですかシロウ？」

「シェスフェリア殿下の祖父君か祖母君で、シェスフェリア殿下と同じような髪質《かみしつ》の方がいませんでしたか？」

「そういえば……。先代のアズバール陛下が、シェスフェリアと似た髪をしていました」

アニエルカ王妃が答える。

俺は合点がいったとばかりに、ポンと手を叩《たた》く。

「なるほど！　シェスフェリア殿下は先代の国王、アズバール様の血を色濃《いろこ》く引いておられるのですね！」

シェスが、伏《ふ》せていた顔を僅《わず》かに上げた。

帽子は押《お》さえたままだけれど、俺の言葉に「……え？」って顔をしているぞ。

「どういう意味ですの？」

第二王妃が先を促《うなが》してきた。

俺は内心でほくそ笑《え》みつつも、人差し指を立てドヤ顔で説明することに。

「両親ではなく祖父母――つまり、両親よりも前の世代の身体的特徴《とくちょう》を受け継《つ》ぐことを隔《かく》世《せい》遺伝と言うんです。世間では、よく先祖返りと言われているものの正体ですね」

「そうなのかー。じゃーシェスフェリア殿下の髪はよー、あの十六英雄《えいゆう》に名を連ねたアズバール王から受け継いだのかー」

ジダンさんが感心したように言う。というか先代の王様も、たまに耳にする十六英雄なるものの一人だったのね。

こんどエルドスさんに、アズバールさんがどんな人だったか訊いてみよっと。

「シェスフェリア殿下のお顔をひと目見たときから、凜々《りり》しいお方だと思っていたのですが……なるほど。お顔立ちも英雄アズバール様から受け継がれていたのですね」

「おー！　それはスゴイんだぞー」

英雄トークで盛り上がる、俺とジダンさん。

一方で第二王妃は、頭の上に『?』をいっぱいに浮かべ、

「カ、カクセーイデン？」

と呟く。

呟きを耳でしっかりと拾った俺は、怪訝《けげん》な顔を第二王妃に向けた。

「隔世遺伝は、俺の故郷では基礎《きそ》教養の一つなのですが……あれ？　エリーヌ王妃はもちろん知ってらっしゃいますよね？」

「あ、あたりまえじゃないっ」

俺の投げた質問に、第二王妃がキレ気味に返してくる。

無駄《むだ》にプライドが高い人って、自分が相手より劣《おと》っていると認めたくないんだよね。

特に、見下している相手には尚更《なおさら》に。だから知らないことでも『知ってる』と見栄《みえ》を張ってしまうのだ。

前職の上司にいたなー。この手の人。

「さすがエリーヌ王妃。博識でいらっしゃる」

「フ、フンッ。当然よこれぐらい。カクセー……イ、イデンね。知ってるわよもちろん。ええ、知ってますとも」

「先ほどエリーヌ王妃も仰《おつしや》っていたように、隔世遺伝の存在を知っていれば不義を疑うわけがないのです。ですからシェスフェリア殿下の髪について、下品な噂を流している者は教養がない可哀想な人たちなのでしょうよ。教養のない者ほど、人のことを悪し様《あざま》に言うものですからね。いやー、ホント無知って罪ですよねー」

「っ……」

第二王妃の全身が、ぷるぷると震えはじめる。

顔中に青筋が立っていて、いまにも血管がブチ切れてしまいそうだぞ。

第二王妃は、さも自分がシェスとアニエルカ王妃の味方であるかのように振る舞《ふま》っていた。

だから俺もそれに習い、第二王妃の言葉に同調しつつ、噂を流している者——たぶん第二王妃自身——を無知蒙昧《むちもうまい》とディスらせてもらったのだ。

特大ブーメランが脳天に突き刺《つさ》さった第二王妃は、怒《いか》りから全身でバイブレーションを起こしていた。

頬《ほお》をピクピクさせる第二王妃《おうひ》を眺《なが》めていると、不意にシェスと目が合った。

「……」

シェスが俺をじーっと見つめている。

だから俺は、アニエルカ王妃と第二王妃から見えない角度でピースサイン。

おまけで『やり返してやったぜ』、そうメッセージを込《こ》めてウィンク。

「……フンだ」

シェスがそっぽを向いてしまった。

でも、その横顔はどこか晴れ晴れとしていた。

第二王妃にブーメランを突き刺したことにより、少しはスッキリしてもらえたようだ。

「エリーヌ、王宮での噂など興味がありません。まさかそんな下らない話をするためにここへ来たのですか？」

アニエルカ王妃の言葉に、第二王妃がハッと我に返る。

残念。もうちょっとバイブレーションが見たかった。

「まさか。シェスフェリアが舞踏会の準備をしていると聞いて、姉様を捜《さが》していたのですわ」

「……どういうことです？」

アニエルカ王妃が怪訝な顔をする。

「フフフ。シェスフェリアの舞踏会デビューに合わせ、私の娘パトリシアもご一緒《いっしょ》しようかと思いまして」

「っ⁉」

アニエルカ王妃の顔色が変わる。

「パトリシアも先日八歳《さい》になりましたわ。腹違《はらちが》いとはいえ、シェスフェリアとパトリシアは姉妹なんですもの。舞踏会を開くのでしたら、パトリシアも敬愛するシェスフェリアと一緒の方が喜ぶことでしょう」

えっと、一回話を整理しよう。

シェスフェリアの舞踏会デビューの日に、第二王妃の娘も参加する。

つまり姉妹一緒に舞踏会デビューしましょう、ってことか。

アニエルカ王妃の顔を見る限り、一緒にデビューさせたくはなさそうだけれども。

「……パトリシアの舞踏会は別の日に開催《かいさい》してもいいのではないですか？」

「姉様、王宮で開催される舞踏会の費用は、全《すべ》て国庫から出ていますのよ？　王女の大切な行事とはいえ、元は民の血税。二度も開催するよりは、一度にまとめてしまった方が民たちも納得《なっとく》ができましょう」

「っ……」

第二王妃の口から出た、まさかの正論。

これにはアニエルカ王妃も反論できない様子。

「それに私もパトリシアのドレスを仕立てるため、方々に伝手のある商人を呼んでおりますの。せっかくですから姉様にもご紹介《しょうかい》しますわ」

「バートをここへ」

第二王妃が、パンパンと二度手を叩くと、扉が開かれた。

って待って。ん？　バート？

どこかで聞いたことがあるような……。

そんな俺の雑念は、彼《かれ》——いいや、『ヤツ』が現れたことによって、すぐに吹《ふ》き飛んでしまった。

「はじめましてアニエルカ王妃。私は商人ギルド、『紅玉と翡翠《ひすい》』の会頭《ギルドマスター》を務めております、バート・フュルストと申します。以後お見知りおきを」

一礼してみせた男を見て、俺は心底驚《おどろ》いた。

隣《となり》では、ジダンさんも同じように驚いている。

なぜならば——

「おやおや。こんなところで会うとは奇遇《きぐう》ですなぁ、シロウさん。お久しぶりです」
この男――バート氏が、領都マゼラで俺に水をぶっかけた、ぶっかけおじさんだったからだ。

第一〇話　蘇《よみがえ》る商人、バート

バート氏の『紅玉と翡翠』は、商売に立ちゆかなくなり領都マゼラから出て行った、とジダンさんからは聞いていた。

聞いていたのだけれども……。

「マゼラは、私が商売をするには少し窮屈《きゅうくつ》になりましてねぇ」

本人の弁によると、自分の意志で領都マゼラを去ったことになっているから驚きだ。

「そこで私は、予《かね》てより計画していた王都への出店に踏《ふ》み切ったのです」

誰も訊いてもいないのに、バートは王都でのサクセスストーリーを語りはじめた。

おそらくは大いに脚色《きゃくしょく》された、山あり谷ありの物語。

俺とジダンさんはもちろん、アニエルカ王妃も顔をしかめるなか、第二王妃だけがうんうんと頷《うなず》き、時おり目じりを拭《ぬぐ》ったりしている。

涙なんか微塵《みじん》も浮かんでいないのにだ。

「――ということがありましてねぇ。ご縁《えん》もあって、私はエリーヌ王妃の御用《ごよう》商人として召《め》し抱えられたのです。いやぁ、マゼラにいたときはまさか自分がエリーヌ王妃の御用商人となり、王宮に出入りするようになるとは夢にも思いませんでしたよ」

彼の話をまとめると、こんな感じだ。

半ば追放される形で、領都マゼラから出ていったバート氏。

王都で商売をはじめ、第二王妃の御用商人へと成り上がることに成功。

商売の方も順調のようで、顧客《こきゃく》には名のある貴族も多いとかなんとか。

「ふふふ。バートが持ってくる品は、どれも良い物ばかりですのよ」

「もったいないお言葉です。エリーヌ王妃」

第二王妃の言葉に、恭《うやうや》しく頭を下げるバート氏。

「姉様、私はこのバートにパトリシアのドレスを用意してもらいますの。姉様も鳥人《バードマン》や辺境の者になど頼《たの》まないで、バートに頼んではいかがかしら？」

「仰って頂ければ、お望みのドレスをご用意いたしますよ」

揉《も》み手《で》で営業をかけるバート氏。

しかし、アニエルカ王妃は首を横に振る。

「……結構です。わたくしにはシロウがおりますので」

「あーら、そうですの。でも姉様がそう言うのなら仕方がありませんわね」

第二王妃はバート氏と目を合わせ、頷き合う。

「バート、パトリシアのドレスは頼みましたよ」

「お任せくださいエリーヌ王妃。このバート、『紅玉と翡翠』の誇《ほこ》りに懸《か》けて素晴らしいドレスをご用意してみせましょう」

「期待しているわ」

第二王妃はそう言うと、やっと部屋から出て行ってくれた。

「シロウさん」

この場に残ったバート氏が、俺《おれ》に笑《え》顔《がお》を向ける。

「貴方とはいろいろとありましたが、同じ商人同士。過去のことは水に流し、共に殿下がたのために素晴らしいドレスをご用意しましょう」

そう言うと、バートが俺に握手《あくしゅ》を求めてきた。

少し迷ったけれど、応じないのも不自然だ。

だから俺は、仕方なくバート氏と握手することに。

「んふふふふ。いまから舞踏会《ぶとうかい》が楽しみですねぇ」

バートの取ってつけたような笑顔に、俺はどうしても悪意を感じずにはいられなかった。

◇◆◇◆◇

アニエルカ王妃の実家は、貴族の中でもランクの低い男爵《だんしゃく》家。

対して第二王妃は、王家の分家に当たる公爵家の出身だそうだ。

「なるほど。第二王妃なのに、ああも堂々とアニエルカ王妃に嫌《いや》みを言えるのは、第二王妃の実家が強い権力を持っているからなんですね」

「そうなんだぞー。もともとエリーヌ王妃は陛下の婚約者《こんやくしゃ》だったんだけどよー。陛下がアニエルカ王妃に一目《ひとめ》惚《ぼ》れしちまったらしくてなー。周囲の反対を押し切って結婚《けっこん》しちゃったんだぞー。でもエリーヌ王妃にもメンツがあるだろー？　だから無理くり第二王妃の座に着いたんだってよー」

「へええ。というか、ジダンさん王宮事情に詳《くわ》しいですね」

「こっちの商人から聞いたんだぞー。王都じゃ有名な話なんだってよー」

王宮からの帰り道。

ジダンさんから二人の王妃の話を聞きながら、馬車に揺《ゆ》られる。

馬車はアニエルカ王妃が用意してくれたもので、なかなかに乗り心地《ごこち》がよかった。

王妃トークが一段落したところで、

「あ、そうだー。シロウ、アイツの――バートのことでシロウに言っておかないといけないことがあるんだぞー」

とジダンさん。

その顔は真剣《しんけん》そのもの。

「バートさんのことですか。なんでしょう？」

「いいかー、よく聞いてくれよー」

ジダンさんはそう前置きすると、少しだけ声のトーンを落とす。

「前に『紅玉と翡翠』がマゼラから出て行った、って話はしただろー？」

「ええ。なんでも俺との一件以来、伯爵《はくしゃく》夫人にも見捨てられ領都での特権がなくなったとかなんとか」

「そうなんだぞー。シロウとの取引に失敗したバートの『紅玉と翡翠』はよー、マゼラでの地位と評判がどんどん下がっていってなー」

「あの『紅玉と翡翠』の地位が下がったなんて、ちょっと想像できないですね」

『紅玉と翡翠』の本部が、バカみたく大きな建物だったことは憶《おぼ》えている。

人の出入りがとても多かったことも。

「マゼラの商人の間じゃ有名な話なんだぞー」

「まあ、領主であるバシュア伯爵に目をつけられたわけですからね。身から出た錆《さび》ですよ。初対面の俺に水をぶっかけてたぐらいです。俺以外にもぶっかけられた商人は多いと思いますよ」

数ヵ月前、俺とバート氏はシャンプーセットの販売権《はんばいけん》を巡《めぐ》り、ちょっとした揉め事《ごと》を起こした。

結果、バート氏はバシュア伯爵に睨《にら》まれてしまったわけなのだけれども……この出来事は領都マゼラの商人界隈《かいわい》において、商人ギルドの序列が変わるきっかけとなった。

領都マゼラで、売上トップを独走していた商人ギルド『紅玉と翡翠』。

ギルドマスターのバート氏が、取引相手に無理を強《し》いる商売のやり方だったからだろう。

バシュア伯爵に目を付けられたと知れ渡《わた》るや否《いな》や、みな彼との取引から手を引いていったそうだ。

『紅玉と翡翠』の評判と売上はあっという間に落ちていき、代わりに台頭《たいとう》してきたのが、ジダンさん率いる『久遠《くおん》の約束』だった。

盛者必衰《じょうしゃひっすい》。驕《おご》れる者久しからず。

斯《か》くて、領都マゼラでの地位と信用を失った『紅玉と翡翠』。

バート氏は一発逆転の手段として、ギルドの拠点《きょてん》を王都へと移した。

ここまではよくある話だ。

王都で出直し、地道に頑張《がんば》り汚名《おめい》返上となれば、『めでたしめでたし』だっただろう。

しかし、そうはならなかった。

なぜならば――

「大きな声じゃ言えないんだけどなー。バートのヤツ、地下ギルドと手を組んでるみたいなんだぞー」

ジダンさんの言う「地下ギルド」とは、反社会的組織とか、マフィアと呼ばれる存在のことらしい。

王都の地下ギルドと手を組んだバート氏は、それはもう好き放題やっているのだとか。

しかもお得意のゴマすりで第二王妃に取り入ったものだから、もう始末に負えない。

表と裏の両方で権力を得たバート氏。

いまじゃ王都の衛兵たちですら、おいそれと手が出せない商人へと成り上がってしまったそうだ。

「実はなー。オイラ、シロウへ手紙を一〇通は出してたんだぞー」

「一〇通？　俺のところに届いたのは一通だけでしたよ」

「やっぱり潰《つぶ》されたかー。一通だけでも届いてよかったんだぞー」

ジダンさんは、俺へ一〇通以上もの手紙を出していたそうだ。文面を変え、配達手段を変え、あの手この手といろいろに。

けれども俺の手に届いたのは、プライベートなことを書いた一通のみ。

他の手紙は全て、バート氏の手の者によって潰されたそうだ。

王都において、いかにバート氏が表と裏に対し力を持っているか、わかるというものだ。

というか手紙が届かないようにしてた、ってことはだ。

今回の一件、バート氏はずいぶんと前から絡《から》んでたってことだよね？

アニエルカ王妃が、シェスのドレスを『久遠の約束』経由で用意しようとしていたことも。

第二王妃がシェスの舞踏会デビュー日に合わせ、自分の娘《むすめ》もデビューさせようと企《たくら》んでいたことも。

まるっと全部知っていたわけか。あるいは、第二王妃と画策していたか。

「さすがのアイツでもよー、アニエルカ王妃の客であるシロウやオイラに直接手は出さないはずだぞー。でもよー、相手は地下ギルドと繋《つな》がってるようなヤツだー。いちおーシロウも警戒《けいかい》しておくんだぞー」

「わかりました。でも俺には頼《たよ》りになる仲間がいるので安心してください」

俺には、パティの他にもセレスさんやママゴンさんがいる。
なんなら王都を相手取っても戦えるほどの過剰《かじよう》戦力。
バート氏が地下ギルドと繋がっていようが関係ない。
単純な武力ならこちらが完全に上なのだ。
なら、俺は俺の仕事に集中するだけだ。

第一一話　殿下《でんか》は何処《どこ》に？

翌日。

俺はアイナちゃんを連れ、王宮を訪《おとず》れていた。

アニエルカ王妃から、シェスのドレスを仕立てるよう頼まれた。

しかしドレスを仕立てようにも、まずはサイズがわからなければ作れない。

かと言って、男の俺が小生意気な王女殿下の採寸をするわけにもいかないじゃんね。

というわけで、本日はアイナちゃんを連れての入城となった次第《しだい》だ。

事前に伝えておいたから、門番に名を告げるだけで城に入ることができた。

はじめは、お城に入れて喜んでいたアイナちゃんだったのだけれど、

「ええっ!?　シェスちゃんは王女さまだったの？」

シェスの正体が第一王女と聞き、それどころではなくなってしまったようだ。

「俺もびっくりしたよ。まあ、びっくりしたのはシェスも同じだったみたいだけれどね」

「そっか。シェスちゃんは……シェスさまだったんだ」

アイナちゃんが寂《さび》しそうに呟《つぶや》く。

一昨日、一緒に食堂でご飯を食べたときは、もうちょっとで友達になれそうな雰囲気《ふんいき》だった。

けれども相手はこの国の王女さま。平民と王族じゃあ、どうしたって友達にはなれやしない。

アイナちゃんは賢《かしこ》い子だ。シェスとの身分の違いも理解しているのだ。

「やっと来たか商人。こっちだ。私について来い」

そう言ったのは、護衛騎士《きし》のルーザさん。

俺たちはルーザさんの案内の下、シェスが待つ部屋へ。

「姫様《ひめさま》、商人のアマタとその従者を連れてきました」

ルーザさんが扉越《とびらご》しに俺たちの到着《とうちゃく》を告げる。

扉が開かれ、出迎《でむか》えたのはメイドさん。

シェスの侍女《じじょ》の一人だろう。

「ルーザ様、どうぞ中へ」

部屋に通された俺たちが見たものは、

「なにしにきたのよアマタ！　あんたをよんだおぼえはないわっ。かえりなさい!!」

いきなり帰れと言い放つ、わがまま王女の姿だった。

◇◆◇◆◇

採寸するため、わざわざ王宮まで出向いたというのに、

「ぜったいにイヤよ！　あたしはドレスなんてつくらないわ!!」

当の本人は、ドレスなんかいらないと言うじゃんね。

「ですが姫様、ドレスを仕立てなければ舞踏会に出ることも――」

「イヤったらイヤ！　ブトウカイにも出ないわ！」

ルーザさんが説得を試みるも、断固拒否《きょひ》の構え。

しかし説得は続く。

「聞いてください姫様。姫様がドレスを作らなければ、アニエルカ様がお困りになってしまいます」

「うっ……」

ルーザさんの言葉で、シェスの顔色が変わる。

護衛騎士をやってるだけあって、シェスの弱点を熟知してる様子。

しばしの間、王女と騎士による問答が続き……けっきょく、

「……わかったわ。したくをするからいちどへやから出ていってちょうだい」

シェスは渋々《しぶしぶ》ながらも、採寸を了承《りょうしょう》してくれた。

「わかりました。おいアマタ、それに従者の少女も。聞いての通りだ、部屋から出てもらおう」

「ルーザ、あなたもよ？」

「わ、私もですか？」

マジで？　みたいな顔でルーザさんが振り返る。

「あたりまえでしょ。ルーザはあたしのキシなのよね？」

「はっ。姫様に剣《けん》を捧《ささ》げた騎士でございます！」

シェスの問いに、ルーザさんが直立不動の姿勢を取る。

「なら、あるじとしてめいじるわ。アマタがへやをのぞかないように見はってなさい」

「っ!?　了解《りょうかい》しました！　我《わ》が主の命だ。さっさと出ろアマタ！　さあ早く！」

ルーザさんに追い立てられるようにして、俺とアイナちゃんは部屋から追い出されてしまう。

「いいな？　姫様が『良い』と言うまで、決してこの部屋に入るなよ？　尤《もっと》も、私が扉の

前にいる以上、部屋に入ることはできないがな。ふっふっふ」

『あたしの騎士』と呼ばれ気をよくしたのか、ルーザさんのテンションが高い。

俺とアイナちゃんは仕方なく、シェスの声がかかるまで廊下《ろうか》で待機することに。

……。

…………。

…………。

「あの、ルーザさん」

「なんだ？」

「シェス殿下の入室許可はまだですかね？」

「ま、まだだ。姫様が良いと言うまで入ってはならん」

「そうは言っても、けっこー時間が経《た》ちましたよ？」

「……。仕方が無い。ちょっと待っていろ」

ルーザさんが回れ右。

「姫様、ご準備は出来ましたでしょうか？」

シェスにお伺《うかが》いするも、

「……姫様？」

いくら待っても返事がない。

「あの……姫様？　ルーザですよ！」

声のボリュームを上げるも、やっぱり返事がない。

瞬間《しゅんかん》、ルーザさんの顔に焦《あせ》りが浮《う》かぶ。

「姫様！　いらっしゃいますか？　……い、いらっしゃいますよね？　いるって仰って下さい!!」

ドンドンドンと扉を叩くルーザさん。

なんかもう、いまにも泣き出してしまいそうだ。

「あ、開けますよ？　開けますからね！　後から怒《おこ》らないで下さいよ！　これ以上減給されたらご飯が食べられなくなってしまうんですからね！　開けても絶対に怒らないで下さいよ！」

そう前置きし、ルーザさんがドアノブに手をかける。

顔中にダラダラと汗《あせ》を浮かべ、えいやと扉を開くと――

「うーっ！　うーっ!!」

そこには猿《さる》ぐつわをされ、全身を縛《しば》り上げられたメイドさんの姿が。

「お前、姫様はどちらにいらっしゃるのだっ？」

ルーザさんが慌《あわ》てて縄《なわ》を解き、シェスの居場所を問いただす。

メイドさんは涙声《なみだごえ》で。

「グス……。わたしを縛ったあと、そこの窓から出て行かれました。グス……もう嫌《いや》こんな仕事」

見れば、部屋の窓が全開になっている。

大人には無理だけれど、シェスやアイナちゃんなら通れそうなサイズの窓だ。

「姫様……」

ルーザさんは、開けっぱなしの窓を呆然《ぼうぜん》と見つめ、

「ま、また脱走《だっそう》されたんですね……」

その場に頽《くずお》れるのだった。

◇◆◇◆◇

「お嬢様《じょうさま》がいらっしゃるとしたら、きっとこの辺りだ」

王宮を抜《ぬ》け出したシェスを捜すため、やって来たのは王都の貧民街。

一昨日、シェスが攫《さら》われかけていた近くのようだ。

ルーザさんの話によると、シェスはこの辺りによくいるらしい。

まったく、王族がこんな危険な場所でなにやってるんだか。

「悪いがお前たちもひ――お嬢様を捜してくれ」

と言い、辺りを見回すルーザさん。

お城では「姫様」と呼んでいたルーザさんだけれども、外では「お嬢様」と呼んでいる。

王族の身分を隠《かく》す、防犯対策の一環《いっかん》なのだろう。

まあ、誰《だれ》が見ても「おカネ持ちです」って格好で出歩いている時点で、危険に変わりないんですけどね。

「ひ――お嬢様どこですかーーーっ!!」

ルーザさんが必死に声を張り上げる。

「おーい。シェスちゃんやーい」

「おい商人！　お嬢様を『ちゃん』呼ばわりするとは何事だ！」

「あ、ダメでした？」

「ダメに決まっているだろうが！」

「アイナもだめ？」

「ダメだ！」

そんな感じで捜すこと三〇分ばかり。

「シロウお兄ちゃん、あそこ見て」

「え、どこ？」

「あそこだよ」

アイナちゃんが路地の奥《おく》を指さした。

路地の奥にある、少しだけ開けた場所。

そこに、この地区に不釣《ふつ》り合いなほど鮮《あざ》やかな青い服を着た少女がいた。

ここからだと後ろ姿しか見えないけれど、間違《まちが》いなくシェスだろう。

「やっと見つけた。お――」

シェスに「おーい」と呼びかけようとした矢先、

「待て」

「――フッガフ」

ルーザさんに口を塞《ふさ》がれてしまった。

視線で抗議《こうぎ》するも、ルーザさんはシェスを見つめたまま。

「少しでいい。待ってくれ」

「別に構いませんけれど……いいんですか？　護衛騎士なのに捕《つか》まえなくて」

「いいんだ。お嬢様には大切なことだから」

ルーザさんの言葉に、「?」マークを浮かべる俺とアイナちゃん。

そんななか、風に乗ってシェスの声がこちらまで聞こえてきた。

「やっとそろったわね。このあたしをまたすなんて、あんたたちもエラクなったものね」

どうやらシェスは、一人ではないようだ。

俺とアイナちゃんは顔を見合わせ、聞き耳を立てることに。

「あんたたち、あたしにカンシャしなさいよ。ヘーミンのあんたちのために、わざわざおいしい食べものをもってきてあげたんだから」

「ありがとうおねえちゃん!!」

「おねえちゃんはやくちょーだいっ」

「もうずっとおなかがすいてるの」

「オイラ三日も食べてないんだー」

それは子供の——シェスよりもずっと幼い子供たちの声だった。

じっと目をこらす。

仁王立《におうだ》ちするシェスの前に、小さな子供たちの姿が見えた。

犬獣人《じゅうじん》、猫獣人《ケットシー》、ドワーフに蜥蜴人《リザードマン》に六肢族。種族は様々。

共通しているのは、どの子も亜人《あじん》で幼いってことだ。

「これよ。たくさんあるからみんなでわけて食べるのよ」

シェスが大きい革袋《かわぶくろ》を広げ、幼い子供たちに食べものを配っている。

それは果実だったり、料理だったり、デザートだったり。

まとめて同じ袋《ふくろ》に入れていたからか、見た目は完全に残飯だ。

けれども——

「おねえちゃん……いつもありがとう」

「これおいひぃいいねぇ」

「オイラ、こんなうめーもんはじめてたべたよ！」

子供たちは皆《みな》、シェスに感謝していた。

中には涙《なみだ》を流している子もいる。

あの子供たちにとって、シェスがどんな存在なのかわかる光景だった。

「お嬢様は、亜人街で暮らす孤児《こじ》たちに自ら食事を届けているのだ」

ルーザさんが尊敬の眼差《まなざ》しをシェスに向ける。

亜人街、ねぇ。なるほど。

この地区だけやたら貧しいと思っていたけれど、亜人たちが多く暮らす地区だったのか。

貧民街であると同時に、亜人街でもあったんだな。

シェスはしょっちゅう城を抜け出しては、厨房《ちゅうぼう》でくすねた食べものをこの地区の孤児たちに配っているのだと言う。

二日前に危険な目に遭《あ》ったばかりだというのに、それでもシェスはここへ来ることを止めなかったのだ。

「シェス……さまが孤児を放っておけないお優《やさ》しい方なのは理解しました。ですが、どうして王女自ら孤児たちに施《ほどこ》しをしているのですか？　それこそ手の空いている侍女や兵にやらせればよいのでは？」

疑問を口にしてみる。

訊《き》かれたルーザさんは、寂しそうな顔をして。

「……王宮では、誰もお嬢様の言葉に耳を貸さぬからだ」

「王女なのに？」

「ああ。お嬢様は第一王女という立場ではあるが、お味方は母君のアニエルカ様だけ。陛下はシェス様を愛しておられても、第二王妃であられるエリーヌ様にお気を遣《つか》わねばならない。それ故《ゆえ》、陛下ですらシェス様のお味方にはなれぬのだ」

ルーザさんの説明によると、事は王宮内の派閥《はばつ》が関係しているそうだ。

実家が男爵家のアニエルカ王妃《おうひ》と、公爵《こうしゃく》家の第二王妃。

国を治める国王としては、王宮内のパワーバランスの関係上、第二王妃を無視することができないのだとか。

「その上、施しの相手は子供とは言え亜人たちだ。誰がお嬢様の話に耳を傾《かたむ》けよう」

「なるほど。事情は理解しました」

だからシェスは、誰に頼ることなく自分一人でがんばっているわけか。

「みんなちゃんと食べたわね？　じゃああたしはいくわ。またきてあげるからたのしみにしてなさい」

配給が終わり、シェスがくるりと回れ右。

「あ……」

シェスがこちらに気づいた。

俺とアイナちゃんを見て、ばつが悪そうな顔をする。

「み、見てたのっ？」

「見てましたよ。ね、アイナちゃん」

「う、うん」

「……」

途端《とたん》にシェスの顔が、不機嫌《ふきげん》なものになる。

どうやら見てはいけない一面だったようだ。

孤児に施しをする王女なんて、吟遊《ぎんゆう》詩人が喜んで歌にしそうな物語なのにね。

「さあお嬢様、帰りましょう」

ルーザさんが声をかけ、シェスが仕方なく頷く。

「……わかってるわよ」

こうしてシェスを見つけた俺たちは、王宮へと戻《もど》るのでした。

第一二話　交換《こうかん》条件

シェスを見つけ、王宮へと戻って来た俺たち。

これでやっと採寸が出来ると思っていたのに、

「イヤっていってるのがわからないの？　ドレスなんていらないわ」

シェスのこの態度である。

「ですが姫様、舞踏会《ぶとうかい》に出るにはドレスがなくては――」

「ブトウカイにも出ないわ。パトリシアもいるんでしょ？　ならあたしぬきでやればいいじゃない」

「姫様、母君のお立場もお考え下さい」

「……」

「陛下も姫様の晴れ舞台《ぶたい》を心待ちにしておられますよ？」

「っ――。イヤなものはイヤなのよ！」

わがまま王女の前に、ルーザさんの説得が空振《からぶ》りに終わる。

だが、このまま採寸できないと俺が困ると思ったのだろう。

「あのっ、シェスちゃ……さま。すぐに終わるので、アイナにさいすんさせてください」

恐《おそ》る恐るといった感じに、アイナちゃんが声をかけた。

深く頭を下げ、採寸させて欲《ほ》しいとお願いする。

「……シェス『さま』？」

シェスが訊き返す。

アイナちゃんは頷き、続ける。

「う、うん。だってシェスさまは……お、王女さまだから」

「っ……」

シェスが目に涙を浮かべ、唇《くちびる》を噛《か》みしめる。

悔《くや》しいような、悲しいような、そんな顔だった。

その顔を見た瞬間、俺は唐突《とうとつ》にシェスの気持ちを理解した。


——ああ、そういうことだったのか。

シェスがなぜ舞踏会を嫌がるのか、アイナちゃんに『さま』付けで呼ばれ、辛《つら》そうな顔をするのかを。

しょっちゅう王宮から抜け出すシェス。

第二王妃の前で顔を俯《うつむ》かせ、怯《おび》えていたシェス。

参加を義務づけられた舞踏会から、必死に逃《に》げようとしているシェス。

そのどれもが、ただ一つの要因からくるものだったのだ。


——シェスは、王族として生まれた自分を嫌《きら》っているのだ。


あるいは呪《のろ》っている、と言ってもいい。

シェスにとって王女として生まれたことは、重荷以外の何物でもなかったのだ。

その一方で、シェスはアイナちゃんに叱《しか》られたとき素直《すなお》に従っていた。

セレスさんに褒《ほ》められたとき、顔を真っ赤にして照れていた。

なにより一人で王宮を抜け出しては、自分より小さな子供たちに食べ物を与《あた》えていた。

うん。そゆことだったんだな。

シェスに対し、どう接すればいいのかがわかった。シェスが人になにを求めているのかがわかった。

「姫様……」

おろおろとするばかりのルーザさん。

「……シェスさま？」

自分の言葉で、なぜシェスが辛そうにしているのかと戸惑《とまど》うアイナちゃん。

そんな二人の前を通り過ぎた俺は、拳《こぶし》を握《にぎ》り——


ごちん。


「コラ。王女だからってワガママばっか言っちゃダメなんだぞ」

シェスの頭にゲンコツを落とした。

もちろん、超優《ちょうやさ》しくだけれどね。

「…………え？」

予期せぬゲンコツに、シェスがぽかんとする。

ゲンコツが落ちた頭を手で触《さわ》り、やっと理解が追いついたのか、

「あ、あ、あああっ、あんたっ！　いきなりなにするのよっ!!」

「なにって、ゲンコツを落としただけだよ？」

「あたしがだれかしってるわよね！」

「もちろん知ってるよ」

そこで一度区切り、数秒おいてから続ける。

「ただのわがまま娘でしょ？」

「っ⁉」

俺《おれ》の言葉に、シェスの目が大きくなる。

そのシェスの顔を見て、俺は確信する。

シェスは愛情に飢《う》えているのだ。もちろん恋愛《れんあい》的愛情ではなく、親愛と呼ばれる方の愛情に。

だから食堂でアイナちゃんに叱られたとき、素直に従ったのだ。

怒るのも、叱るのも、当人との心の距離《きより》が近くなければできない事なのだから。

シェスはずっと——友人が欲しかったのだ。

「みんな君のために一生懸命《いっしょうけんめい》がんばっている。がんばろうとしている。俺もアイナちゃんも、いつも君を守っているルーザさんもね」

「……」

「なのにそれを無視し、いつまでもわがままを言うのなら、俺は何度でも君にゲンコツを落とすよ。まあ、もう落としたくはないけれどね」

「……あたしをたたいておいて、ぶじにすむとおもってるの？」

シェスがジト目で俺を見上げる。

でもその瞳《ひとみ》に、怒《いか》りや恨《うら》みのような負の感情は一切《いっさい》なかった。

「王女さまにゲンコツしたんだ。このままじゃ俺は処刑台《しょけいだい》送りだろうね」

「わ、わかっててあたしのことたたいたのっ？」

処刑台と聞き、シェスが焦りはじめる。

強がった態度を取ってはいるけれど、俺の身を案じてくれているのだ。

「子供に正しい道を示すのが大人の役目だからね。でも、俺はまだ死にたくない」

「い、いまあやまればゆるしてあげるわよっ」

「謝《あやま》ったら叱った意味がなくなっちゃうでしょ？　だから俺は、君に取引を持ちかけたい」

「……とりひき？」

シェスがきょとんとした顔で聞き返す。

「そ。俺は商人だからね」

「あたしと……どんなとりひきをしたいのよ？」

「ふふん。それはね……」

俺は含《ふく》みのある笑《え》みを浮かべる。

そんな俺に苛立《いらだ》ったのか、

「な、なによ？　はやくいいなさいよねっ」

シェスが先を促《うなが》してきた。

「あはは、ごめんごめん。そう難しいことじゃないんだ。もし君が、俺の仕立てたドレスで舞踏会に参加してくれるなら、亜人街の子供たち——君が食事を与えていたあの子供たちは、俺が責任を持って面倒《めんどう》をみようじゃないか」

「っ⁉」

シェスの目が見開かれた。

もうまん丸になりそうな勢いだぞ。

「ほ、ほんきでいってるのっ？」

「モチ本気だよ。実はね、俺が君のドレスを仕立てて舞踏会が成功に終われば、俺の所属するギルドが王都に店を出せることになっているんだ」

「……それがどうしたのよ。あの子たちになんのカンケーがあるの？」

「大アリだよ。店を出すには人手が必要なんだ。だから、もし王都に商会を構えることになったら、あの子供たちを雇《やと》うことを約束しようじゃないか」

「っ⁉」

「お給金がいくらになるかは、あの子たちのがんばり次第だけれどね。でもおカネの他に、温かな食事と隙間風《すきまかぜ》が入ってこない寝床《ねどこ》を与えることは約束するよ。もう飢えることも、寒さに震《ふる》えることもない場所をね」

「……しんじられないわ。あんたがやくそくをやぶらないホショーがあるの？」

そんな疑いの言葉に答えたのは、アイナちゃんだった。

「シロウお兄ちゃんはやくそくをやぶらないよ！」

「アイナ……」

「シロウお兄ちゃんはね、アイナのことをたすけてくれたの。だから……だから！　あの子たちのこともぜったいにたすけてくれるよ！　アイナもやくそくするよ！」

アイナちゃんがふんすと鼻息を荒《あら》くする。

俺はそんなアイナちゃんの肩《かた》に、ぽんと手を置く。

「アイナちゃんそれは違《ちが》うよ」

「……え？」

「俺があの子たちを助けるわけじゃない」

「シロウお兄ちゃん……？」

「だってあの子たちを救うのは――シェスだからね」

「っ⁉」

俺の言葉に、シェスが驚《おどろ》きを露《あら》わにする。

それは孤児たちの命運を託《たく》されたからか、はたまた王女と知りながらも呼び捨てにしたからか。

「どうかな、シェス？」

「……このあたしをよびすてにするなんて、ふざけた男ね」

「一度ゲンコツ落としちゃったからね。でも嫌なら『さま』でも『殿下』でも『ちゃん』でも、なんでもつけるよ」

「ふんっ。とくべつに『シェス』ってよぶことをゆるしてあげるわ。あたしのカンダイなココロにかんしゃすることね」

「ありがと。それで……寛大《かんだい》なシェスはどうするのかな？」

俺の問いに、シェスが両手をぎゅっと握る。

覚悟《かくご》を決めたのだろう。

「……やくそくよ？　あたしがブトウカイにでたら、あの子たちのめんどうはあんたがみるのよ？」

「約束するよ。ウチのギルドマスターはね、あーいった子供たちの面倒を見るのが大好きな上に超得意《ちょうとくい》なんだ」

「ふんっ」

微笑《ほほえ》む俺に、シェスがそっぽを向く。

けれども――

「なにしてるのアイナ、はやくさいすんしなさいよね！」

「ふぇっ⁉　あ、うん」

こうして俺とアイナちゃんは、無事にシェスの採寸を終えたのだった。

第一三話　いざコスプレショップへ！

なんとかシェスの採寸を終えることができた。

馬車で送られ、雷鳥《らいちょう》の止まり木亭《てい》に戻った俺とアイナちゃん。

俺はみんなに「ドレス職人に会ってくる」と言い、一度ばーちゃんの家へ戻ることに。

遅《おそ》くなると伝えてあるから、納得《なっとく》がいくまでシェスのドレスを選ぶことができるぞ。

そう意気込《いきご》みつつ、襖《ふすま》を開けると、

「あ、にぃにお帰り〜」

「お帰り士郎《しろう》。夕飯は食べたかい？」

仏間には、詩織とばーちゃんがいた。

「ただいま。と言っても、またすぐ異世界《あっち》に戻るけどね」

後ろ手で襖を閉め、詩織とばーちゃんに帰宅を告げる。

二人は夕食の最中だったようだ。

ちゃぶ台の上には肉じゃがをメインに、ご飯と野菜たっぷりのお味噌汁《みそしる》が並んでいた。

久しぶりの和食を見て、お腹《なか》がぐ～と鳴る。

雷鳥の止まり木亭を出る前に、みんなとご飯を食べたばかりなのにな。

日本人にとって、和食は魂《たましい》に刻まれしソウルフードなのだ。

「士郎も食べるかい？」

俺の視線に気づいたようだ。

ばーちゃんが訊いてきた。

「せっかくだしもらおうかな」

「そうかい。いま用意してあげるよ」

土鍋《どなべ》で炊《た》いたお米はとても美味《おい》しく、俺は久しぶりの和食を存分に堪能《たんのう》するのだった。

◇◆◇◆◇

「そういえば、いまさらだけど今日は沙織《さおり》いないの？」

俺がそう訊いたのは、締めのアイスにパクつきはじめたときだった。

「さおりんはね～、部活でこれないんだって～。ご飯も陸上部のみんなと食べてくるって言ってたから～、おばあちゃんちに来るのは明日じゃないかな～」

答えたのは詩織。

双子《ふたご》の姉妹である詩織と沙織は、同じ学校に通っている。

だから、いつだってお互《たが》いのスケジュールを把握《はあく》しているのだ。

「そっか。それはいいことを聞いたぞ」

「え〜。にぃにひど〜い。そゆこと言うのはさおりんが可哀《かわい》そうだよ〜」

「いやいや詩織ちゃん。沙織がいたら、いま俺が抱《かか》えている問題をばーちゃんに相談できなかったからね」

「おやまあ。わたしに何を相談したいんだい？」

「聞いてよばーちゃん、実はいま王都でさ――……」

詩織とばーちゃんに、王都でのことを話す。

ジダンさんに連れられた先が王宮であったこと。

王妃直々にドレスを作ってくれと頼《たの》まれたこと。

王女のシェスがとんでもないわがまま娘《むすめ》であること。

一度話しはじめると止まらなくなり、気づけばちゃぶ台にはお茶とお菓子《かし》が広げられていた。

「――ということでね、俺はシェスのドレスを用意するため戻って来たんだよ」

「わ〜お。王女さまだって〜。にぃにすご〜い」

王女のドレスを用意することに詩織が興奮し、ばーちゃんはばーちゃんで、

「おやまあ。とんだご縁《えん》があったもんだねぇ」

と言っていた。

「うん。でさ、沙織はちょっとセンスがアレだからドレスの相談とかできないじゃん？」

沙織が、セレスさんに悪役レスラーのメイクを施したことは記憶《きおく》に新しい。

そのことを詩織も憶《おぼ》えているからか、うんうんと同意を示していた。

「そゆわけでさ、どんなドレスにしたらいいか相談に乗ってくれないかな？」

「いいよ〜」

「さんきゅー詩織ちゃん」

「仕方がないねぇ。またわたしがあどばいすをしてあげようじゃないか」

「ばーちゃんもありがと。お礼は肩たたき券でいいかな？」

「馬鹿《ばか》を言いなよ。わたしはまだそんな歳《とし》じゃないよ」

「…………いちおー確認《かくにん》しとくけど、そればーちゃんジョークだよね？　それとも魔女《まじょ》ジョーク？」

「おばあちゃんて〜、ずっと昔から生きてるんだよね〜？　『不滅《ふめつ》の魔女』だっけ〜？」

「そうだよ詩織ちゃん。俺たちのばーちゃんはさ、あっちの世界じゃ伝説以上の存在なんだ。本当の年齢《ねんれい》が何歳《なんさい》なのか、誰も知らないんだ」

「士郎、女に齢《よわい》を訊くもんじゃないよ」

「ま、四桁《けた》の年齢を言われても孫としては困るしね」

「にぃに、おばあちゃん五桁いってるかもよ～」

詩織がくすくすと笑う。

「あり得る。なんせばーちゃんはファンタジーを体現する存在だしね」

「でしょ～」

「士郎も詩織もひどいねぇ。あどばいすを止めてもいいいんだよ？」

「ウソウソ、ごめんよばーちゃん」

「おばあちゃんごめんなさ～い」

祖母と孫で、冗談《じょうだん》を言い合う。

一年前には考えられなかった光景だ。

俺たちはそんな家族の時間を楽しみながら、夜遅《よるおそ》くまでシェスのドレスを選ぶのでした。

◇◆◇◆◇

翌日、やってきたのは秋葉原。

日曜日ということもあって、中央通りは歩行者天国になっている。

おかげで目的の店まですいすい行くことができたぞ。

平日だと、こうはいかないもんね。

「いらっしゃ――あれ、尼田《あまた》さんじゃないですか」

そう言って出迎《でむか》えてくれたのは、コスプレショップの店長だ。

四〇手前の店長がメガネをくいっとする。

どうやら俺のことを憶えていたようだ。

数ヵ月前、カレンさんとアイナちゃんのコスプレ衣装《ドレス》を作ってもらったときにはお世話になったものだ。

「お久しぶりです店長。前回は急な依頼《いらい》を快く引き受けてくださり、本当にありがとうございました」

「いえいえ、尼田さんは衣装の素材にまでこだわってくれるので、うちのスタッフも『納得のいくコス衣装ができた！』と喜んでいましたからね。ここだけの話、尼田さんから依頼のあった『ドラ魔女』のコス衣装をホームページに載《の》せたところ、とても反響《はんきょう》が大きかったんですよ」

店長が嬉《うれ》しそうに語る。

「そう言ってもらえると俺も嬉しいです。頼んだ甲斐《かい》がありました」

挨拶《あいさつ》が済んだところで、いよいよ本題へ。

「それで、本日はどのようなご用件でしょう？　新規のご依頼ですか」

「ええ。実は――」

俺は一枚の写真を店長さんに渡《わた》す。

家でプリントアウトしてきたもので、写真にはとあるキャラクターが写っていた。

「今回は、この衣装を作ってもらいたくて」

昨夜、詩織とばーちゃんとで選びに選び抜いた衣装だ。

今回は人気ゲームのプリンセスが着ているドレスなのだが……。

「ほほう。荒神《あらがみ》に出てくるシャイニー姫《ひめ》の衣装ですか」

写真を見て、店長はメガネをくいっ。

照明を反射して、メガネがキラリと光る。

「お願いできますでしょうか？」

「もちろん、ご依頼頂ければどんな衣装でもお作りするのが当店のモットーですからね。

ただ、シャイニー姫の衣装を作るとなると……ふーむ。おそらくこれぐらいはかかってしまいますよ」

店長が右手でパーを作る。

五万円、ではない。五〇万円ということだ。

「なるほど」

一度頷《うなず》いてから、俺は再び口を開く。

「では、良い材料を使うとなると、おいくらになりますかね？」

「……材料の質は、どれぐらい拘《こだわ》ってよろしいのでしょうか？」

店長が指先で眼鏡をくいっとする。

こちらに向けられた目がマジだ。

「さすがにティアラに本物の宝石を、とは言えませんが、できるだけ本物に似せて欲しいです。着色された人工ダイヤモンドとか。生地《きじ》に関しては可能な限り良質のものを使っていただければと」

「なるほどなるほど。となるとですね、これが、」

店長は、右手のパーを強調してから続ける。

「もう一桁上がってしまいますよ」

「ええ、構いませんよ」

「っ⁉　尼田さん、確認させてください。僕《ぼく》が言っている金額は、これで五〇万円。一桁上がると五〇〇万円になるんですよ」

「失礼ながら、それぐらいはかかるだろうなと予想を立てていました。ですので……」

俺は鞄《かばん》を開け、中に手を入れる。

用意していた中身をむんずと掴《つか》み、テーブルにドンと置いた。

「前金を用意してきました。ここに一〇〇〇万円あります。足りなければ追加で用意しましょう」

「っ……」

店長がプルプルと震えている。

眼鏡を外し、空いた手で顔を覆《おお》う。

店長は声を震わせて。

「やはり尼田さんは……僕の思っていた通りの方だ」

なんだか涙声《なみだごえ》だぞ。

「えっと、どういう意味でしょう？」

「いまさら隠《かく》さないでください。僕にはわかっていますから！」

え、なにを？

こちらが聞き返す間もなく、店長の言葉は続く。

「尼田さん！　あなたは僕と同じく『コスプレに人生を懸《か》けている側の人間』だったんですね！」

「え？」

「しかも自分が着るのではなく、人に――理想に近いレイヤーさんにコスプレしてもらい、それを楽しむタイプの方だ！」

「え？」

「わかりますよ。ええ、わかりますとも！　なぜなら僕も同じですからね。コスプレとは衣装だけでは成り立たない。レイヤーさんとコス衣装が一つに――そうっ。一つに融合《ゆうごう》することではじめて二次元にしか存在できない彼女《かのじょ》たちが僕らの前へ現れてくれるんです！完璧《かんぺき》なレイヤーさんと完璧なコス衣装。この二つが合わさったとき、そこに奇跡《きせき》が起きるんです!!」

店長さんが俺の肩をぐわしと掴む。

真っ赤に燃える目で俺を見つめる。

お顔の距離がとても近い。

「普通《ふつう》に考えるならば、企業《きぎょう》案件でもないのにこの金額を出す人なんていません！　いいえ、企業案件ですら予算がどうとか、コス衣装のグレードを落としていいからこの金額で、とかふざけたことを言ってくるのに……尼田さんはどうですか？」

店長が俺を抱《だ》きしめてきた。

強く、強く。

将来を誓《ちか》い合った恋人《こいびと》ですら、ここまで強く抱きしめてこないだろうってぐらい強く。

「即金《そっきん》で一〇〇〇万？　足りなければもっと出します？　材料に限界まで拘ってくださ い？　尼田さん……あなたこそ……あなたこそ!!」

店長は、感極《かんきわ》まった声で。

「真のカメコです!!」

「か、カメコ？」

「いまさら隠さないでください。理想のレイヤーさんに完璧なコス衣装を着てもらい、二次元から現世へと召喚《しょうかん》する！　そしてその姿を思う様カメラに納めるのでしょう？　わかっています。わかっていますから！」

バンバンと背中を叩《たた》かれる。

「あとは僕に任せてください！　同じ奇跡を願う者として、全身全霊《ぜんしんぜんれい》を以《もっ》てシャイニー姫のコス衣装を作らせていただきます！　そう、」

店長さんはサムズアップし、最高の笑顔《えがお》で。

「極限まで材料に拘ってね!!」

「お、お願いします」

無事、シェスのコスプレ衣装の発注を終えることができた。

店長の反応を見る限り、かなり期待できるものが作られるだろう。

こうして俺は、カメラ小僧《こぞう》と勘違《かんちが》いされたまま秋葉原を後にした。

ばーちゃんと妹たちに話したら、腹を抱えて爆笑《ばくしょう》されたのは言うまでもない。

第一四話　ダンスレッスン

王宮内にある、広い一室。

そこで、シェスのダンスレッスンが行われていた。

「いちっ、にっ、さんっ。いちっ、にっ、さんっ、ターン」

リズムを刻む声と共に、手拍子《てびょうし》が打たれる。

「いちっ、にっ、さんっ。いちっ、にっ、さんっ、回って」

ダンスの講師は、四〇歳ほどの女性。

端的《たんてき》に言うと、とっても怖《こわ》いおばさまだ。

見るからに教育係ですってオーラを放ち、冷ややかな眼差《まなざ》しをシェスに向けている。

俺はスマホを取り出し、時間を確認。

レッスンがはじまり、もう二時間が経《た》っていた。

「いちっ、にっ、さんっ。そこでターン。……曲を止めなさい」

ダンス講師の指示で演奏が止まる。

より本番に近く、というダンス講師の希望により、シェスのレッスンは生演奏で行われていた。

さすがは王女さま。レッスンにまで弦楽器《げんがっき》奏者を呼ぶだなんて、レッスン一つとっても庶民《しょみん》とは規模が違うじゃんね。

「シェスフェリア殿下《でんか》。何度お教えすればご理解していただけるのですか？」

つかつかと靴音《くつおと》を響《ひび》かせ、ダンス講師がシェスに近づいていく。

ダンス講師の接近に合わせて、シェスのダンスパートナーを務めていた男が二歩下がる。

「ターンの時はまず上体から、わたくしは何度もそうお教えしましたよね？」

「……」

訊《き》かれたシェスは答えない。

顔を俯かせ、唇をきつく結んでいる。

「なぜ上体と腰《こし》を一つにしてしまうのですか？　まず上体、次に腰、最後に脚《あし》、レッスンの度にお教えしていることですよ？　まさか憶えていらっしゃらないのですか？」

「……」

「非常に申し上げにくいのですが、シェスフェリア殿下のダンスには優雅《ゆうが》さがまるでありません。欠片《かけら》もないのです」

「っ……」

「いいですか？　力を抜《ぬ》き体を柔《やわ》らかく。リズムに合わせてステップを。微笑みを浮《う》かべパートナーを見つめる。なに一つ出来ていませんよ。はじめからやり直しましょう」

「……わかったわ」

ダンス講師が合図を出し、演奏がはじまる。

「いちっ、にっ、さんっ。いちっ、にっ、さんっ、ターン」

シェスは必死の形相でステップを踏《ふ》む。

しかし――

「イタッ」

こんどはパートナーの足を踏んでしまった。

「イタタタ……。ふぅー。痛いなぁ」

パートナーの男が大げさに足をさすり、非難じみた視線をシェスに向ける。

「いったい何度間違《まちが》えるのですかっ！」

ついにダンス講師がブチ切れた。

怒りで顔を染め上げ、くどくどくどくどとシェスに説教をはじめる。

もちろん演奏もストップだ。

パートナーの男が、弦楽器奏者に向かって肩をすくめる。

弦楽器奏者の男も首を振《ふ》り、シェスを見てはわざとらしいため息をついていた。

彼《かれ》らは、レッスンがはじまる前からこんな感じだった。

王女であるシェスを、馬鹿にしているのだ。

当然、直接口には出していない。

口には出していないが――

「踊《おど》りすぎて、僕はもうくたくたですよ。足まで踏まれましたし」

「あれは見ていてドキリとしました。さぞ痛かったことでしょう」

「今日だけで何度踏まれたことか……。おかげで素晴《すば》らしい演奏に身をゆだねることもできませんよ」

「おおっ。ゲシュー伯爵家《はくしゃくけ》の跡取《あとと》りである、ザッツ様にお褒め頂けるとは……。この身に余る光栄でございます。ですが……そろそろ指が攣《つ》りそうでして。いい加減早く終わって頂かないと指が持ちませんよ」

「なぁに。お相手はシェスフェリア殿下だ。王族ならば初歩のステップぐらい、すぐにお覚え頂けるだろうよ」

「はっはっは。そう願うばかりです」

パートナーの男と、弦楽器奏者がプークスクスと笑い合う。

彼らの態度から、会話の節々から、シェスへの悪意が漏《も》れていた。

というか、直接言わないだけで隠す気ないよねこの人たち。

シェスをチラチラ見ながら、にやにやと嫌《いや》な笑みを浮かべる大人たち。

「っ……」

当然、シェスだって気づく。


——自分が、笑われていることに。


子供は人の悪意に敏感《びんかん》だ。

王女という立場から、常に人目を集めるシェスならなおさらだろう。

目だけを動かし、パートナーの男と弦楽器奏者を見るシェス。

スカートの裾《すそ》を握り締めているのは、悔《くや》しさからに違いない。

「シェスフェリア殿下、聞いていているのですか？　はぁ……。妹君のパトリシア殿下はすぐにステップを覚え、もう大人とそん色ないほどに踊れると聞きますのに……。姉君であるシェスフェリア殿下が、初歩のステップすらも踏めないとはどういうことですか。恥《は》ずかしくないのですかっ？　シェスフェリア殿下もギルアム王家の一員なのでしょう！　王族として恥ずかしくない振る舞《ま》いをお覚えなさい！」

ダンス講師の怒りゲージが、どんどん上がっていく。

口に出すことで、より怒りが増すタイプのようだ。

「もう一度最初からです。今度こそ集中してください」

「……」

再び演奏がはじまった。

シェスを見て、ため息をついていた弦楽器奏者による演奏だ。

「いちっ、にっ、さんっ。いちっ、にっ、さんっ。そこでターン」

必死の形相でステップを踏むシェス。

パートナを務めるのは、シェスをバカにしているおっさんだ。

「いちっ、にっ、さんっ。いちっ、にっ、さんっ。そこでターン」

ダンス講師の手は、手拍子の打ちすぎで真っ赤になっている。

でも彼女は気づいていない。

自分が講師として——人に教える者として、決定的に間違《まちが》っていることに。

「いちっ、にっ、さんっ。いちっ、にっ、さんっ、回る！」

ダンスレッスンは、このあと三時間続いた。

◇◆◇◆◇

「シェスフィリア殿下、お立ちください。それが栄《は》えあるギルアム王国に名を連ねる者の姿ですか」

「はぁ……はぁ……はぁ……」

八歳の女の子相手に、ぶっ続けで五時間のレッスン。

なのにダンス講師は、まだ練習させようとしている様子。

スパルタなんて言葉すら、生ぬるい状況《じょうきょう》だ。

「もう一度言います。お立ちください」

ダンス講師がへばったシェスに言葉の鞭《むち》を振るう。

「はぁ……はぁ……はぁ……」

無茶《むちゃ》を言われたシェスは、へたり込《こ》んだまま荒い息をつくのみ。

五時間連続で踊らせていたんだ。

体力なんて、とっくに尽《つ》きていたのだろう。

「まったく……。シェスフェリア殿下がお立ちになれないのでしたら、仕方がありませんね。では四半刻《しはんとき》ほど休憩《きゅうけい》と致《いた》しましょう」

ダンス講師の休憩を告げる言葉が聞こえた瞬間《しゅんかん》、

「姫様《ひめさま》!!」

バタンと扉《とびら》が開かれ、ルーザさんが入ってきた。

この反応速度……まさかずっと聞き耳を立てていたのだろうか?

扉にピタッと耳をくっつけるようにして。

「姫様、さあこちらへ。食事とお紅茶を用意してあります」

ルーザさんの手を借り、シェスが休憩のため部屋から出て行った。

「やれやれ、あのお転婆《てんば》王女は手がかかりますなぁ」

「いやはやまったくですな」

ここぞとばかりに、嫌《いや》みなパートナーと弦楽器奏者が陰口《かげぐち》を叩きまくる。

しっかり聞こえているはずなのに、ダンス講師はそれを咎《とが》めようともしない。

内心では同じように思っているのだろうか。

まあ、口に出さないだけマシだけれどもね。

そして待つこと三〇分。

予想通りというか、やっぱりと言うか、またかと言うか。

——シェスは戻《もど》ってこなかった。

◇◆◇◆◇

「シェスフェリア殿下がいないですってっ⁉」

ダンス講師が素《す》っ頓狂《とんきょう》な声を上げる。

「申し訳ないリズ殿《どの》。少し目を離《はな》しただけだったのだが、姫様が煙《けむり》のように消えてしまったのだ。こう……ドロンと！」

状況を説明しているのは、シェスの護衛騎士《きし》であるルーザさん。

シェスを別室へと連れて行った彼女だが、目を離した隙《すき》にいなくなってしまったそうだ。

「言い訳など聞きたくありません！　早くシェスフェリア殿下を連れてきなさい！　私はエリーヌ第二王妃《おうひ》より直々に、シェスフェリア殿下へダンスのレッスンをするよう命じられているのですよ！　それを——それを——ええいっ、早く捜《さが》しに行きなさい！」

「はっ！　いますぐに！」

ルーザさんは右拳《こぶし》で左胸を叩く敬礼をすると、小走りで部屋から出て行った。

「……」

少し考えた後、

「俺《おれ》も捜しに行くか」

誰《だれ》にともなくそう言い、ルーザさんの後を追いかける。

「ルーザさーん！」

ダッシュで追いつき、隣《となり》に並ぶ。

「む？　なぜお前がついてくる？　ハッ⁉　さては私のことを……」

「なんか盛大な勘違いしてるみたいですけど、俺もシェス……フェリアさまのことを捜そうかと思いまして」

「……。姫様がお許しになったのだ。無理に『さま』をつける必要はない」

「あはは、でもま、ここはいちおー王宮ですからね。誰が聞いてるかわかりませんし、不敬罪で処されたくないですし」

「なら好きにしろ。姫様の呼び方も、姫様の捜索《そうさく》もな」

「ではご一緒《いっしょ》させてもらいます。というか、」

「む？　なんだ？」

俺はルーザさんの顔を、まじまじと見つめ。

「ひょっとしてルーザさん、わざと逃《に》がしました？」

「んなっ⁉　おまっ、お前はな、なにを言って――」

「あー、もういいです」

「私が姫様をに、に、逃がすなんてこと――」

「だからいいですって。もうその反応で十分わかりましたから」

俺の言葉にドキリとするルーザさん。

一瞬《いっしゅん》で顔に滝《たき》のような汗《あせ》が流れ、目は泳ぎまくっている。

うん、やっぱりそうだったか。

あのダンスレッスンに思うところがあったのは、俺だけではなかったようだ。

だからルーザさんは、わざとシェスが逃げ出すよう仕向けたのだろう。

他者の悪意から、ルーザさんはシェスのことを護《まも》っていたのだ。

なんだかんだいって、ちゃんと護衛騎士やってるじゃんね。

「姫様が行くとしたら、またあの場所だろう」

「一国の王女ともあろうお方が、逃避《とうひ》先が亜人《あじん》街にしかないだなんて、危険極《きわ》まりないですね。せめてもっと治安のいい場所をオススメしてみては？」

「何度もご忠告したさ。だが姫様はあそこがいいと言って、聞いてくださらないのだ」

「その度に捜しに行くルーザさんも大変ですね。毎回見つけるまで捜すわけですから」

「姫様を見つけることぐらい、私には苦でもない」

「おお、それは護衛騎士の矜持《きょうじ》的な？」

「違《ちが》う。姫様に剣《けん》を捧《ささ》げたときの誓いだ」

「へぇえ。誓いですか」

王宮の廊下《ろうか》を小走りで駆《か》けながら、ルーザさんは横目で俺をチラリ。

聞き返す俺に、一瞬だけ逡巡《しゅんじゅん》するような表情をしたが、やがて。

「私の家は代々騎士の家系でな。騎《き》士爵《ししゃく》として小さいながらも領地を任されていた」

「ルーザさんの実家は領主さまでしたか」

「黙《だま》って聞け。だが、私は他に兄弟がいなくてな。他所《よそ》から婿《むこ》を貰《もら》うか、他家の余った男子を養子として取るかしか、家を存続させる手段がなかったのだ」

「……なるほど」

「その日の食べものにも苦労するような小さな領地など、男子が余っていても養子に出す家などない。婿も同じだ。だから婿候補に挙がった男たちは、皆《みな》どうしようもない連中ばかりでな。そんな奴《やつ》らと結婚《けっこん》するぐらいなら、家を飛び出してやろうとも考えた。いや、実際飛び出す直前だったな。あの時は」

ルーザさんが頭を振る。

嫌なことでも思い出してしまったのだろう。

「養子は来ない。婿は一人娘《ひとりむすめ》――私がイヤだと頑《かたく》なに拒絶《きょぜつ》する。いよいよ家が取り潰《つぶ》されている話が持ち上がった時だよ。王宮の隅《すみ》で涙《なみだ》を流す私に、姫様がお声をかけてくれてな。泣いている理由を話したら、私にこう仰《おっしゃ》って下さったのだ」

コホンと咳払《せきばら》いし、ルーザさんは続ける。

「『ならあんた、あたしのキシになりなさい！』となー」

シェスの声音《こわね》を真似《まね》、ルーザさんが微笑《ほほえ》んだ。

大切な存在を想《おも》う、温かな笑《え》みだった。

「姫様のおかげで、男子しか騎士になれないこの国で、私は唯一《ゆいいつ》の女の騎士となった。家の取り潰しもなくなり、父は心底安堵《あんど》したことだろうよ」

「素敵《すてき》なエピソードですね」

「そうだろう？　だから私は姫様がどこにいようと必ず見つけ出す。必ずな。それがあの時、私を見つけてくれた姫様への誓いだ」

「わかりました。では一緒に見つけましょう」

「ああ。だが亜人街は広い。私は北から捜す。アマタは南から捜してくれ」

「二手に分かれて挟《はさ》み撃《う》ちってわけですね。了解《りょうかい》です」

「では、な」

「ええ」

王宮を出た俺とルーザさんは二手に分かれ、北と南からシェスを捜しはじめるのでした。

◇◆◇◆◇

貧民街を捜すこと、二〇分ばかり。

「見つけた」

木箱に座《すわ》り、夕日を眺《なが》めているシェスの姿が。

「……」

シェスは、傍目《はため》に分かるほど消耗《しょうもう》していた。

休憩なしの、ぶっ続けで五時間。

体力の限界なんて、とっくの昔にきていたはずだ。

「……」

夕日を眺めるシェスは、立ち上がる気配がまるでない。

「レッスンお疲《つか》れさま」

そっと近づき、背後から声をかけた。

「っ……」

シェスが振り返る。

俺を見上げ、眉根《まゆね》を寄せた。

「……アマタ、ひとつきいていいかしら？」

「ん、なにかな？」

「どうしてあんたがレッスンを見てたのよ？」

てっきり「なぜここにいるの？」と訊かれるかと思ったら、そっちですか。

シェスの責めるような口調。その声は硬く、冷たい。

部外者である俺が、レッスンの場にいたことに不満を感じているのだろう。でも仕方のないことだ。

俺はレッスンの最初から終わりまでいた。

つまり、シェスが怒《おこ》られるところも、笑われているところも、全部見ていたことになる。

「あんたはカンケーないでしょ。なのに……なのにっ！　なんでずっといたのよ!!」

シェスの言葉が段々と熱を帯びていく。
上手《うま》く踊れなかった。
講師にもずっと怒られた。
練習相手にはバカにされ、弦楽器奏者と一緒になって笑われた。
やり場のない、怒《いか》りと悔しさ。
そこに俺に見られていた羞恥心《しゅうちしん》も合わさって、感情が爆発《ばくはつ》してしまったのだろう。
「あたしを……わらうためにいたの？　アマタもあたしをわらうの？」
シェスの溜《た》まっていた涙が、零《こぼ》れはじめる。
本人は泣いていることを認めたくないのか、拭《ぬぐ》おうとしない。
「こたえなさいアマタ！」
俺がシェスのレッスンを見学した理由。
それは、アニエルカ王妃に頼《たの》まれたからだ。
今朝、俺はドレスの完成予定日をアニエルカ王妃に伝えるため、王宮へとやって来た。
アニエルカ王妃に面会し、ドレスが二週間後に完成することを伝える。
そして帰ろうとした時だった、
不意に、アルエニカ王妃がこんなことを言い出したのだ。

『……シロウ、もしお暇《ひま》でしたら娘《むすめ》のレッスンを見ていってはどうですか？』


正直、断りたい気持ちでいっぱいだった。ダンスを踊れない俺が見ても、冷やかしにしかならないと思ったからだ。

けれど、王妃の瞳《ひとみ》に縋《すが》るような感情を見たのだ。

それはシェスのことを想い、案じる母の瞳だった。

そんなわけで、シェスのダンスレッスンを見学させてもらったわけなのだけれど……。

なぜアニエルカ王妃が、「娘のレッスンを見ていってはどうですか？」と俺に声をかけたのか、その理由がわかった。

簡単なことだ。

ダンス講師、パートナー、弦楽器奏者。そのすべてがシェスの敵だったからだ。

きっとアルエニカ王妃は知っていたのだろう。

自分の娘と、講師たちとの関係を。だからこそ俺に頼んだのだ。

シェスの味方である俺に、近くにいてやって欲《ほ》しいと頼んだのだ。

敵ばかりの場で、ひとりぼっちにならないように。

「こたえられないのっ？　どうせ……どうせあんたもあたしを見てわらうつもりだったんでしょ。……どう？　ステップもできないあたしはおもしろかった？　わらっていいのよ？　……わらいなさいよ！　わらいなさいったら!!」

シェスがヒステリック気味に叫《さけ》ぶ。

体力が尽きた上、いろんな感情がごちゃ混ぜになり、自分を抑《おさ》えられなくなっているようだ。

だから俺は、

「笑うわけないよ」

と言った。

「っ……」

シェスが虚《きょ》を衝《つ》かれた顔をする。

目をぱちくりして、俺を見返す。

俺はそんなシェスに手を貸し、立ち上がらせる。

「一生懸命頑張《いっしょうけんめいがんば》ってるシェスを、笑えるわけないじゃん」

「こ、こたえになってないわよ。あたしは、なんで見ていたのかきいているの！」

「俺のような商人にとっては、富貴《ふうき》な身の上の方々が舞踏会《ぶとうかい》でどんなダンスを踊っているか気になってね。ちょっと見学してみようと思ったんだよ」

「……ならざんねんだったわね。おどっているのがあたしで」

「ん、なんで謝《あやま》るの？　シェスが謝ることじゃないでしょ。だってシェスが上手く踊れないのは、ぜ〜んぶあの人たちのせいじゃないか」

「どういう……ことよ？」

「率直《そっちょく》に言って、あのおばさん人に教える才能がないよね。ダンスパートナーはもちろん、演奏者もね」

「……」

シェスが黙り込む。

まさか批判の対象がダンス講師たちに向けられるとは、思ってもいなかったようだ。

「あんな練習環境《かんきょう》、俺とレッスンした方がまだマシだよ」

「……？　アマタ、あなたおどれるの？」

その問いには答えない。代わりに俺はニヤリと笑う。

我ながら、含《ふく》みのある笑い方だった。

「シェス、俺から一つ提案だ」

「な、なによ？」

「ダンスレッスンだけど、明日からは俺と一緒に練習してみない？」

俺の提案に、シェスはたっぷり一〇秒ほど経ってから。

「…………は？」

と答えるのだった。

◇◆◇◆◇

シェスにダンスレッスンのお誘《さそ》いをした、翌日の午後。

「おどれないですってっ⁉」

「踊れないだとっ⁉」

部屋に、シェスとルーザさんの声が響き渡《わた》った。

「うん。俺は踊れないよ」

「……」

口をパクパクとするシェス。

「じゃ、じゃあ――」

その目が俺の隣に水平移動。

「アイナがおどれるっていうの？」

「ふぇっ⁉　ア、アイナおどれないよ」

「じゃあだれがあたしにダンスをおしえるのよ！　さきにいっておくけどルーザもおどれないんだからね！」

「あ、ルーザさんも踊れないんですね」

「私はき、騎士だからな！　ダンスではなくコッチが専門だ」

ルーザさんが腰の剣を手で叩く。

「なるほど。それは困ったな。じゃあ、この場で踊れるのは、シェスだけってことか」

「だからあたしはおどれないわよ！」

「うん。それは知ってる。でも散々練習してたわけだから、ここにいる四人の中では一番マシでしょ？」

シェスが俺たちの顔を見回す。

俺、アイナちゃん、ルーザさんの順だ。

見回したあと、シェスは深くため息をついた。

ため息をついて――

「このなかでは、ね」

と言った。

よし。いい方向に進んでいるぞ。

「だよね。じゃあシェス、まずは俺たちにステップを教えてくれないかな？」

「アマタはバカなの？　あたしはまだうまくステップをふめないの！」

「大丈夫《だいじょうぶ》。俺に考えがあるんだ」

俺はそう言うと、カバンからタブレットＰＣを取り出した。

「？　なによそれ」

「まあ、見てて」

パスワードを入力し、動画アプリを起動。

フォルダ分けしてある動画の中から一つを選び、再生する。

画面に映し出されたのは、ダンス講師とパートナーの男。

昨日シェスに、二人が『お手本』として踊ってみせたときのものだ。

俺はそれをスマホでこっそりと撮影《さつえい》し、このタブレットＰＣに移しておいたのだった。

「――っ!!」

初級のステップからはじまり、上級のステップまで。

画面で踊る二人を見て、シェスの顔に喜びが広がった。

「このうすいいたにリズが——アマタ！　よくやったわ！」

「へ？」

シェスはタブレットＰＣを指さして。

「このいたに、リズとバカザッツをとじこめたのね!!」

「違うよ!!」

シェスの壮大《そうだい》な勘違いに、全力でツッコミを入れる、
ママゴンさんじゃあるまいし、だれがそんな怖いことしますか。

「……ちがうの？」

「違うの。これは、昨日あの二人が踊っていたのを記録しているだけなの」

「ふーん。ふしぎなマジックアイテムをもっているのね」

「これでも商人だからね。それよりも重要なのは、このタブレットＰＣ《マジックアイテム》を使えば、いつでも、お手本を見ることができるんだ。ガミガミ嫌みを言われることもなく、ね」

「っ!?」

シェスがハッとする。

俺がタブレットＰＣで動画を再生した意味に、気づいてくれたようだ。

「お手本はここにある。演奏だって同時に流れてる。これだけの条件が揃《そろ》っているんだ。

俺たちだって練習すれば踊れると思わない？」

俺の問いに、シェスはすっごい悩《なや》んだあと、

「……そう、かもね」

と言った。

「チッチッチ。『かも』じゃないよ。そこは『そうね』でいいんだよ」

シェスがムッとする。

眉根をつり上げ、俺を睨《にら》んでいるぞ。

「そんなこといったって、おどれるかわからないじゃないの」

「わからないなら、やってみればいいだけさ。そんじゃ、さっそく練習しようか。俺はルーザさんとペアを組むから、シェスはアイナちゃんとペアね？　どっちのペアが先に踊れるようになるか競争だ」

「アイナが……シェスさまと？」

アイナちゃんが戸惑《とまど》ったような声を出す。

一方で、シェスはアイナちゃんをチラチラと。

ペアを組んでと言われ、アイナちゃんのことが気になる様子。

「そ。身長も同じぐらいだしね。それに歳《とし》も一緒だ」

「う、うん。シェス……さま。よろしくおねがいします」

アイナちゃんがシェスに頭を下げる。

「しかたがないわね。アイナでがまんしてあげるわ」

シェスがアイナちゃんの手を取った。

言葉とは裏腹に、シェスの顔は嬉《うれ》しそうだった。

素直《すなお》になれないツンデレちゃんめ。

「ルーザさん、俺たちも練習しましょうか？」

「お、お前！　そんなこと言って私の手に触《さわ》るのが目的なんだろう？　そうなんだろっ？

このすけべえが！」

「えぇ……。この状況でそんなこと言います？」

「私に指一本でも触《ふ》れてみろ！　その首を落としてやる‼」

「ダンスどころか、まずは触れるところからスタートか。こりゃ想像以上に先が長いぜ」

決して触らせるものかと、剣に手をかけるルーザさん。

俺はどうしたものかと頭を掻《か》く。

そんな大人ペアを他所に、

「アイナ、やるからにはアマタとルーザにはまけないわよっ」

「う、うん――あ、は、はいシェスちゃ――さま！」

「もうっ。ことばづかいなんてきにしなくていいわ。それよりステップにシュウチューしなさい！」

「っ――。う、うん！」

子供ペアはお互《たが》いをパートナーと認め、もうステップの練習をはじめているのでした。

◇◆◇◆◇

「アイナそうよ！　ちゃんとリズムをとるの！　いちっ、にっ、さんっ――そこでまわるの！」

「うん！　いち、に、さん――えい！」

アイナちゃんがくるりと一回転。

「できた！　こんどはシェスちゃんのばんだよ」

「わかってるわよ！」

タブレットPCから流れてくる音楽に合わせ、シェスもくるりと一回転。

ひいき目なしに、どちらもきれいなターンだった。

ダンス講師のターンにも負けてないし、嫌みなパートナーのターンには明らかに勝っている。

「どうっ?」

「すごい！　シェスちゃんすごいよ！」

「フン。これぐらいとーぜんよ」

アイナちゃんの賞賛に、シェスがドヤ顔を披露《ひろう》する。

でも、

「アイナもなかなかだったわよ」

ちゃんとアイナちゃんを褒《ほ》めることも忘れない。

「えへへ。ありがとシェスちゃん」

「フン」

二人は一緒にダンスに取り組むことで、いつしか『友達』になっていた。

アイナちゃんはシェスのことを『シェスちゃん』と呼び、シェスはシェスでそれを咎めないどころか嬉しそうだ。

「アイナ、もういちどはじめからおどるわよ！」

「うん。アイナもっとじょうずにおどるね」

シェスとアイナちゃんが向かい合い、一礼。曲が流れ、手を取り合って踊り出す。

ステップ。ターン。またステップからのターン。

二人は完璧《かんぺき》に踊れていた。

そこに、死んだ顔でレッスンしていた昨日のシェスはいない。

生き生きとした顔で、アイナちゃんと楽しそうに踊っている。

昨日、シェスのレッスンを見てて気づいたことがあった。

おそらくだけれど、シェスはずっと前からダンスを身につけていたはずだ。

身につけてはいたのだけれど、ダンス講師に嫌みなパートナー。それに陰《かげ》で笑う弦楽器《げんがっき》奏者の視線が気になって、上手く踊ることができなかったのだろう。

そりゃそうだ。自分をあざ笑う連中しかいないなかで、八歳の女の子がどうして集中してダンスに打ち込めよう。

シェスが踊《おど》れなかったのは、全《すべ》て周囲の環境のせいだったのだ。

その証拠《しょうこ》に味方しかいないこの場で、シェスはこんなにも見事に踊ってみせている。

アイナちゃんに教えてあげる余裕《よゆう》だってあるほどだ。

友達と一緒になって、何かに打ち込む事ってすっごい楽しいからね。

俺も学生の頃《ころ》、同期に先輩《せんぱい》や後輩《こうはい》、みんなで真剣《しんけん》にプロレスやってるときはスゲー楽しかったもんだ。

そんな想い出に浸《ひた》っていると、

「見たアマタ？　あたしとアイナはもうおどれるようになったわよ！」

シェスがドヤ顔で仁王立《におうだ》ち。

どんなもんじゃーい！　とばかりにこちらを見ている。

息を弾《はず》ませるシェスとアイナちゃんは、とっても誇《ほこ》らしげだった。

「アマタはおどれるようになったの？」

「シロウお兄ちゃん、おどれた？」

ちびっ子二人からの質問。

俺はぽりぽり頭を掻き、

「それなんだけどねー」

視線をルーザさんに移す。

「ふっふっふ。その目、まだ私に触れる気でいるようだな。このすけべえがっ。その場から一歩でも私に近づいてみろ！　家宝であるこの剣が、お前の命を一瞬で絶つだろう！」

剣に手をかけ、不吉《ふきつ》な笑みを浮《う》かべるルーザさん。

けっきょく、大人ペアはステップ一つ踏《ふ》めないまま練習初日を終えるのでした。

幕間《まくあい》

士郎《しろう》とアイナが王宮に通うようになり、五日が経《た》った。

「みんなー、ご飯がきたんだぞー。今日もおいしそうなんだぞー」

ジダンが皆に昼食を知らせる。

最上階の部屋には、宿付きのメイドが次々と料理を運び入れていた。

王都の高級宿として知られる、雷鳥《らいちょう》の止まり木亭《てい》。

当然、厨房《ちゅうぼう》を任されている料理人の腕《うで》も一流揃《ぞろ》いで、宿泊客《しゅくはくきゃく》の中には料理目的の者も多い。

けれども、

「やはりこの程度か」

「んー……。どれもイマイチだな。あたいがニノリッチで食べてた料理の方がずっとおいしかったぞっ」

セレスとパティには物足りなかったようだ。

料理を口に運んでは、期待外れだと頭を振《ふ》る。

最近食に目覚めたママゴンも、

「……はぁ」

口にこそ出していないが、落胆《らくたん》を隠《かく》せずにいた。

幼児のすあまなど、もっとあからさまで、

「あぅぅ」

ニノリッチにいたときよりも、食べるのがずっと遅《おそ》かった。

テーブルを囲む五人の内、セレス、パティ、ママゴン、すあま、の四人が出された料理に不満を示しているのだ。

士郎から四人の面倒《めんどう》を頼まれたジダンは、堪ったものではないだろう。

「お前たちはこの料理が口に合わないのかー？　オイラ、おいしいと思うんだけどなー」

「「「「……」」」」

四人は答えない。

だが、それも仕方のないことだ。

士郎がニノリッチに持ち込《こ》んだ、調味料の数々。

中には一匙《ひとさじ》入れるだけで、ただの水が極上《ごくじょう》のスープに変わるものまであった。

皆は――それこそ辺境の住民たちですら気づかぬうちに、舌が肥えてしまっていたのだ。

結果として、各地から食材が届く王都といえど、食の奥深《おくぶか》さでは辺境《ニノリッチ》の町に大きく後《おく》れを取る形となっていた。

しかし、それでも食べてるのは魔人《まじん》と不滅竜《ふめつりゅう》の親子だ。

「おいジダン、この料理をあと七皿追加だ。そこの丸焼きもあと五皿ほど貰おうか」

「ジダン様、こちらとあちらとそちらの料理を八皿ずつお願い致《いた》します」

「まぅま、こぇ。こぇ」

「これが欲しいのですか？」

「あぃ！」

「わかりました。ジダン様、こちらの魚料理もあと五皿お願い致します。娘が食べたいと申しておりまして」

「……」

「ジダン様、聞こえてますか」

「……ハッ!? お、おーう！ いま頼むんだぞー」

「うふふ。育ち盛りの娘を持つと手がかかりますね」

「あ、ならあたいは果物の盛り合わせをもらえるかっ？　どーんと山盛りのヤツだっ！」

四人からの要求《おかわり》に、ジダンはもう真っ青だった。

◇◆◇◆◇

『ジダンさん、俺とアイナちゃんが王宮に通っている間、みんなのことよろしくお願いします』

数日前、ジダンは士郎から仲間の面倒をみてくれと頼まれた。

この頼みに対しジダンは、

『オイラに任せるんだぞー』

と安請《やすう》け合いしてしまったのだ。

元々、士郎を王都に呼んだのはジダンの都合によるものだ。

だからせめて、士郎の頼みには全力で応《こた》えよう、と誓《ちか》いを立てた。

商売の神に。亡《な》くなった父に。

士郎が自分のために頑張《がんば》ってくれているのだ。なら自分が頑張るのも当然のこと。

とは言え、託《たく》された四人は誰《だれ》もが一癖《ひとくせ》も二癖《くせ》もある者ばかり。

伝説の妖精族《ようせい》であるパティと、愛らしい幼児のすあまは誘拐《ゆうかい》されたら大変だし、いまいち言動がおかしいセレスとママゴンも、外へ出すにはかなりの勇気がいる。

結果としてジダンは、四人を宿に留め置くことを選んだ。

ひたすらに食べものを与《あた》え、気を紛《まぎ》らわしてもらう。

おかげでジダンの財布《さいふ》は、破産しそうなほど軽くなっていた。


——シロウ、早く……早く帰ってきて欲しいんだぞーーーーっ!!

ジダンは胸中で、そう叫ばずにはいられなかった。

◇◆◇◆◇

食事途中《とちゅう》でのことだった。

「……また見られているな」

突然《とつぜん》セレスが手を止め、窓から外に視線を送る。

この発言に驚《おどろ》いたのはジダンだ。

「見られてるだってー？　オイラたちがかー？」

「そうだ」

セレスが頷《うなず》く。

「この街へ来てからずっとだ。何者かがずっと、私たちのことを覗《のぞ》き見ている」

「そ、それって監視《かんし》されてるってことじゃないかーっ！」

セレスに言葉に、ジダンが慌《あわ》てはじめる。

ジダンは商人だ。それもただの商人ではない。

地方都市で頭角を現しはじめている商人ギルド、『久遠《くおん》の約束』で会頭の立場である。

その商人ギルドの頂点である自分が、何者かに監視されていると言う。

ただでさえ鳥人《バードマン》であるジダンは、王都では目立つ存在。

監視されていると聞き、慌てないはずがなかった。

「誰がオイラたちを監視してるんだぞー？　バートのヤツかー？　それともエリーヌ第二王妃《おうひ》かー？　ま、まさか地下ギルドってことも——」

「ジダン様、落ち着いてくださいな」

「そうだぞジダン！　お前が慌てたら、あたいらを見はってる連中に気づかれちゃうだろっ！」

「た、確かにパティの言う通りなんだぞー」

ジダンは深呼吸してから、浮きかけた腰《こし》を再び椅子《いす》に下ろす。

けれどもジダンは、まだ落ち着かない様子だった。

「フンッ。シロウには『大人しくしろ』と命じられているが……流石《さすが》に不愉快《ふゆかい》だ。二度とこちらを覗き見れぬ様、分からせてくるか」

「お待ちなさい」

立ち上がろうとしたセレスを、ママゴンが呼び止める。

「……なんだ？」

「滅《めっ》することなどいつでも出来ます。ならば優先するべきは、主様より命じられた『大人しく待っている』ことに他《ほか》なりません。相手は小物です。小物など放っておきましょう」

「そ、そうだぞセレス！　お前たちの親分であるシロウがそー言ったんだ。子分は親分の言うことを守らないといけないんだぞっ」

「……チッ」

舌打ちしたセレスが、仏頂面《ぶっちょうづら》のまま割り当てられた自室へと引っ込む。
乱暴に閉められた扉《とびら》の音を聞き、
——シロウ、早く帰ってきてくれなんだぞーーーーーっ!!
ジダンは胸中で、やっぱりそう叫ばずにはいられなかった。

第一五話　バートからの提案

あれから一〇日が経った。

シェスもアイナちゃんもメキメキとダンスが上達していき、いまじゃ上級者向けの難しいステップさえも踏めるようになっていた。

物事に楽しみながら挑戦《ちょうせん》することが、いかに大切かわかるというものだ。

「アマタ、あしたもくるのよ。あしたはルーザのかわりに……あ、あたしがあんたとペアをくんであげるわ。だからぜったいにあしたもきなさい！」

本日のダンスレッスンを終え、仁王立ちの王女殿下《でんか》に見送られる。

「そりゃ光栄だ。明日もよろしくね、シェス」

「フン。あたしがきびしくおしえてあげるわ。かくごしておくことね」

「あはは、お手柔《てやわ》らかに頼むよ」

「フン」

シェスがプイとそっぽを向く。

俺《おれ》に対する態度はそっけないシェスだけれど、

「アイナもくるのよ。これは『やくそく』だからね」

「うん。やくそくだよシェスちゃん。あしたもいっしょにおどろうね」

アイナちゃんにだけは素直だった。

シェスとアイナちゃんは手を取り合って、明日も踊ろうと『約束』している。

そこに蔑《さげす》まれていた王女の姿はなく、友達と笑い合う八歳の女の子がいるだけだった。

きっといまのシェスをアニエルカ王妃が見たら、感動して泣いちゃうんじゃないかな？

現に、背後でシェスを見守っていたルーザさんの涙腺《るいせん》が決壊《けっかい》し、

「姫《ひめ》……さまぁ。うぅぅ……」

ハンカチで涙《なみだ》を拭っては、そのまま「チーーーンッ」と鼻をかんでいるからね。

アイナちゃんという友達を得たシェスの姿は、胸に来るものがあるんだろう。

明日はティッシュを持ってきてあげよっと。

「じゃあ、また明日」

「シェスちゃんバイバーイ」

シェスたちに見送られ、王宮を後にする。

門の前で、アニエルカ王妃が用意してくれた馬車に乗り込もうとしたタイミングでのこ

とだった。

「こんばんはシロウさん」

突然、バート氏に声をかけられた。

「こんなにも遅い時間までシェスフェリア殿下にお付き合いするとは、シロウさんはお優《やさ》しい方なのですね」

バート氏が近づいてくる。

背後には護衛なのか、屈強《くっきょう》な戦士が四人ほど付き従っていた。

「シロウお兄ちゃん……」

バート氏とその取り巻きが怖《こわ》かったのだろう。

アイナちゃんが俺の手を握《にぎ》ってきた。

俺は安心させるように握り返してから、一歩前へ。

アイナちゃんを背に隠すようにして、バート氏と向かい合う。

「どうもバートさん。こんな時間に奇《き》遇《ぐう》ですね」

「んふふふっ。実はシロウさんが王宮から出てくるのを待っていたのですよ」

「俺を？　何かご用でしょうか？」

「ええ、ええ。実はシロウさんに折り入ってお願いしたいことがございまして」

そう言うと、バート氏はニチャアと粘《ねば》っこい笑《え》みを浮かべる。

「バートさんほどの商人がお願い、ですか」

「はい。どうか話だけでも聞いてはもらえないでしょうか？」

「……」

「そう警戒《けいかい》しないでください。いまからする話は、むしろシロウさんの利益に結び付くものなのですよ？」

「商談、とうわけですか。わかりました。話ぐらいは聞きましょう。でもその前に……アイナちゃん」

「ん？」

俺を見上げるアイナちゃんの頭に、ぽんと手を置く。

「アイナちゃん、俺これからバートさんとお話ししてくるから、アイナちゃんは先に宿に戻《もど》っててもらえるかな？」

「アイナ、シロウお兄ちゃんのことまてるよ？」

「うん、ありがと。でも帰りが遅くなるとアイナちゃんの寝《ね》る時間が少なくなっちゃうでしょ？　ダンスの練習で疲《つか》れてるんだから、いっぱい寝ないと」

「それは……そうだけど……」

「それに俺たちの帰りが遅いと、さ」

「おそいと？」

こてんと首を傾《かし》げるアイナちゃんに、俺はため息を一つ。

「セレスさんとママゴンさんが、なにするかわかったもんじゃないからね。だからアイナちゃんには、俺が遅くなることを二人に伝えて欲《ほ》しいんだ」

二人の――特に物騒《ぶっそう》な発言が多いママゴンさんの名を聞き、アイナちゃんにも思い当たる節があったようだ。

アイナちゃんはこくりと頷くと、

「うん。アイナがセレスお姉ちゃんとママゴンお姉ちゃんにいっておくね。シロウお兄ちゃんがおそくなるって」

「ありがと。親分にもよろしく」

「うん」

先に帰ることを了承《りょうしょう》してくれた。

馬車に乗ったアイナちゃんを見送り、

「お待たせしましたバートさん。では話を聞きましょう」

「んふふふふ。ありがとうございます。近くに良い酒を出す店があるのです。そちらで話をしながら、我々の親交を深めようではありませんか」

　俺はバート氏と酒場へと移動するのだった。

◇◆◇◆◇

　酒場に入った俺とバート氏。

　カウンター席で横並びに座《すわ》り、

「ではシロウさん、我々の商売の成功を祈《いの》って乾杯《かんぱい》をしましょう」

　こつんとグラスを打ち合わす。

「この酒場は杯《さかずき》に硝子《ガラス》を使っていましてね。杯が高価なものですから、酒をよりうまく感じることができるのですよ」

　高い身分がある者しか入店できない店なんですよと、そうバート氏は続けていた。

　訊《き》いてもいない酒場のことを語り終えたバート氏。

　そういえばと、さも思い出したかのように話題を変えてきた。

「聞きましたよシロウさん。シロウさんの指導で、シェスフェリア殿下はダンスがお上手になったそうですね」

バート氏がニチャアと笑う。

俺は、驚きを顔に出さないようにするので精一杯《せいいっぱい》だった。

「おかしいですね。ダンスレッスンは俺を含《ふく》め四人でしか行っていないのですが、どうしてバートさんがシェス……フェリア殿下のダンスについて知っているんでしょう?」

「んふふふふ。簡単な事ですよ。王宮内の出来事はすべてエリーヌ第二王妃に筒抜《つつぬ》けだからです」

「……監視されていた、ということですか?」

不快感を露《あら》わにするも、バート氏は肩《かた》をすくめるだけ。

「さあ、そこまでは存じません。私はただ、エリーヌ第二王妃から『シェスフェリア殿下のダンスが上達している』とお聞きしただけですので」

「……」

「あのシェスフェリア殿下を手懐《てなず》けるなんて、流石シロウさんですねぇ。相手の懐《ふところ》に潜《もぐ》り込むコツなどありましたら、是非《ぜひ》ともご教示賜《たまわ》りたいものです」

俺をヨイショしまくるバート氏。

「ですがシロウさん、シェスフェリア殿下にダンスをお教えしたのは悪手でしたな」

「なぜでしょう?」

「シロウさんは、眠《ねむ》れる獅子《しし》を起こしてしまったのです」

「……眠れる獅子？」

「ええ、ええ。エリーヌ第二王妃のことです」

「シェスフェリア殿下が踊れないままでしたら、獅子は――エリーヌ第二王妃は眠ったままだったでしょう。ですが、シロウさんが目覚めさせてしまった」

バート氏が自分の額をぴしゃりと叩《たた》く。

「エリーヌ第二王妃はご自分の娘《むすめ》、パトリシア殿下を舞踏会《ぶとうかい》でお披露目《ひろめ》するつもりでした。それも華々《はなばな》しく、です」

「シェスフェリア殿下をかませ犬として、の間違《まちが》いでは？」

「んふふふふ。シロウさんは口が悪いのですね。ですがその通りです。踊れないシェスフェリア殿下と、華麗《かれい》に踊ってみせるパトリシア殿下。舞踏会の参加者がどちらに賛辞を贈《おく》るかは明らかでしょう」

「それを俺が台無しにした、とでも？」

「私はそうは考えていませんよ。ですがエリーヌ第二王妃は違《ちが》うようなのです」

「……」

俺のがんばりにより、シェスが第二王妃に目を付けられたってことか。

「同じ商人としてシロウさんには打ち明けますが……エリーヌ第二王妃は気難しいお方でしてね。ご自分の思い通りにならないと癇癪《かんしゃく》を起こしてしまうのです。一度癇癪が起きてしまうと、陛下ですらご機嫌《きげん》を取るのが難しいと聞きます。ですから、それを未然に防ぐためにも、私からシロウさんに『提案』をしたいのですよ」

「……どんな提案でしょう?」

「んふふふふ。互いに商人なのです。腹の探《さぐ》り合いなどせず単刀直入に言わせてもらいますね」

そこで一度区切ると、バート氏はニチャアと笑い、

「シェスフェリア殿下のドレス、私に用立てさせてはもらえませんか?」

とんでもないことを言い出した。

「……お酒を美味《おい》しくするための冗談《じょうだん》、というわけではないですよね?」

「まさか。私は商談の場ではいつでも真面目《まじめ》ですよ」

「なるほど。本気で言っている、というわけですね」

「ええ、ええ」

「なら俺の答えは一つです」

俺はグラスの中身を飲み干し、カウンターにドンと置く。

「お断りします。これで話は終わりましたね。なら俺は帰らせてもらいま――」

「お待ちを。商人として時間が惜《お》しい気持ちは理解しておりますが、商談はまだはじまってもいませんよ。さあ、お座りください」

バート氏は俺を呼び留めると、椅子に座るよう促《うなが》してくる。

屈強な護衛の男たちも俺を睨みつけ、視線で『戻れ』と無言の圧力をかけてくる。

迷ったけれど、事はシェスの舞踏会にも関《かか》わることだ。

俺はバート氏の真意を探るため、

「……わかりました」

再び腰を下ろすことに。

「シロウさん、どうか聞いてください。私はなにも自分の利益のためにシェスフェリア殿下のドレスを用立てさせて欲しい、と言っているわけではないのです。むしろ逆。逆なんですよ」

「では、どういう意味なのでしょう?」

「言うなればシロウさんの利益のため、でしょうか」

「意味がわかりませんね」

「シロウさん、私はシロウさんを高く評価しています。おそらく……いいえ、シロウさんのことです。マゼラでのあの夜と同じように、シェスフェリア殿下のドレスも素晴《すば》らしいものをご用意していることでしょう。私がパトリシア殿下のために仕立てさせているドレスよりも、ずっとずっと素晴らしいドレスを」

「さあ、それはどうでしょうね」

「ご謙遜《けんそん》を。シロウさんほどの商人が自分を卑下《ひげ》するなど、他の商人のやっかみを買うだけですよ。まあ、話を戻しましょうか」

バート氏もグラスの中身を空けた。

店主に自分と俺の分のお代わりを要求してから、話を続ける。

「シロウさんが、ダンスを踊れるようになったシェスフェリア殿下にドレスを提供すれば、パトリシア殿下が霞《かす》んでしまうかもしれません。もしそうなった場合……エリーヌ第二王妃は激しくお怒《いか》りになることでしょう」

バート氏が、起こりうる未来について語りはじめる。

「エリーヌ第二王妃は裕福《ゆうふく》な育ち故《ゆえ》か、それはそれは気性《きしょう》の荒《あら》い方でして。ほんの些細《ささい》な事でも烈火《れっか》のごとくお怒りになるのです」

「元は公爵家《こうしゃくけ》のご令嬢《れいじょう》という話ですからね」

「ええ、ええ。ですから舞踏会でシェスフェリア殿下が目立ってしまいますと、アニエルカ第一王妃との約束が無効になってしまいますかもしれないのです」

「無効？　それは王都への『久遠の約束』の出店が取りやめになる、ということですか？」

「残念ですが、エリーヌ第二王妃がそれをお望みになれば」

バート氏が頷く。

アニエルカ王妃よりも第二王妃の方が権力を持っているとしたら、確かにあり得る話かもしれないな。

「エリーヌ第二王妃のお怒りに触《ふ》れてしまうと、シロウさんの努力が無駄《むだ》になってしまいます。失敗するとわかっていながら投資する商人などいません」

バート氏は、『商人』の部分をこれでもかと強調している。

まるで、商人ならばそれが当たり前だとばかりに。

「ご理解頂けましたか？　舞踏会でパトリシア殿下よりもシェスフェリア殿下が目立ってしまいますと、シロウさんたち『久遠の約束』は王都への出店機会を永遠に失い、私はエリーヌ第二王妃の信頼《しんらい》を失ってしまいます。どちらにも利益が出なくなってしまうのですよ」

「なるほど。バートさんのお話はわかりました」

「おおっ。ご理解いただけましたか。では改めてご提案させてください。シェスフェリア殿下のドレスは私が用立てましょう。なぁに、わざと変なドレスを用意しようというわけではありません。ただ少し、少しだけ、パトリシア殿下のドレスよりも地味に作るだけです。少しだけ、ねぇ」

人差し指と親指をくっつけ、「少しだけ」と言うバート氏。

そんなん、くっついてる時点でゼロじゃんね。

「全て私にお任せしていただければ、エリーヌ第二王妃の面子《メンツ》も立ちますし、踊れるようになったシェスフェリア殿下の誇りも傷つきません」

「……」

「それだけではありません。この提案を呑《の》んでいただけるのなら、あの鳥人《ジダンさん》のギルドなんかではなく、シロウさんのギルドを王都に設立するお手伝いをこの私が自ら行いましょう。どうでしょうシロウさん？　自分で言うのも何ですが、私がこれほどまでに譲歩《じょうほ》することは滅多《めった》にありませんよ？」

バート氏が訊いてくる。

自分の提案を断るわけがないと、その顔は自信に満ちていた。

「……」

商売の――利益のことを考えるなら、バート氏の提案に乗るのが一番だろう。

けれども、俺はシェスのがんばりをずっと近くで見てきたのだ。

アイナちゃんと一緒《いっしょ》になって踊るシェスの姿を。

心の底から笑い合う、少女たちの友情を。

一番近くで見てきた俺が、シェスの想《おも》いを無駄にできるわけがなかった。

だから俺は――

「せっかくの申し出ですが、俺の答えは変わりません。お断りします」

「っ……。私が頼《たの》んでいるのですよ？」

「誰が頼もうが関係ありません。俺はシェスフェリア殿下に最高のドレスをご用意すると約束しました。いまさらその約束を反故《ほご》になんてできませんよ」

俺の言葉を聞き、バート氏の顔から粘っこい笑みが消える。

「そうですか……時にシロウさん、私の提案を拒絶《きょぜつ》した商人が、何故か皆《みな》、不運に見舞《みま》われることはご存じですか？　きっと商売の神に見放されてしまったのでしょうねぇ。水路に浮かんでいたり、強盗《ごうとう》に殺されたり……ああ、体に火がついて焼け死んだ者もいましたねぇ。可哀《かわい》そうなことです。商売の神に見放されると、その身に災《わざわ》いが降りかかるのですから」

バート氏は嘆《なげ》かわしいと言いながらも、どこか楽しそうに話をしている。

「私は商売の神に愛されております。ですからシロウさん、私の提案を蹴《け》るということは、あなたも商売の神に見放されてしまうということですよ？」

「ひょっとして俺のこと脅《おど》しています？」

「まさか、まさか。商売の神に誓って、私がそんなことをするはずがありません。ただ……シロウさんもご存じでしょう？　商売の神はきまぐれですからねぇ。成功を重ねていても、いつ天秤《てんびん》が不運に傾《かたむ》くかわかりません。不運がシロウさんだけに留《とど》まれば良いのですが……あの鳥人に、そういえば小間使いの少女もいましたねぇ。シロウさんの大切なご友人たちに不幸が起きないことを祈るばかりです」

バート氏が椅子から立ち上がる。

ぽんと俺の肩に手を置き、

「ではシロウさん、よく考えておいてくださいね。よぉく、よぉぉく、ですよ。んふふふふ」

酒場から出て行った。

俺はグラスに残っていた酒を呷《あお》り、みんなが待ってる宿へ帰るのだった。

◇◆◇◆◇

「――――ということがあったんですよ」

雷鳥の止まり木亭に戻った俺は、さっそく酒場での出来事をみんなに話していた。

みんなといっても、アイナちゃんとすあまはもう眠っていたけれどね。

「そんなわけで、バートの提案を呑まないと俺たちは不運に見舞われるそうです」

寝室《しんしつ》でベッドで寝息《ねいき》を立てるアイナちゃんとすあまを起こさないように、少し声のボリユームを抑《おさ》える。

それなのに、

「主様を脅迫《きょうはく》するなど言語道断。その者をこの街ごと滅してやりましょう！」

怒りからか、ママゴンさんの声がいつもより大きかった。

「王都の人たちを巻き込まないでくださいって」

「ですが主様――」

「ママゴンさん、もう少し声を抑えてください。アイナちゃんたちが起きちゃうので」

「そうだぞママゴン、しーっだ。しーっ！」

俺とパティが人差し指を口にあて、しーっとする。

ママゴンさんはハッとして、

「……取り乱しました。申し訳ありません、主様」

俺に頭を下げた。

この忠誠心がカンストしてる感じ、そろそろ勘弁《かんべん》してほしい。

「んんー、バートのヤツは地下ギルドと繋《つな》がってるからなー。アイツが脅すってことはよー、本気でオイラたちを殺す気なんだぞー」

マゼラ在住のジダンさんは、俺よりもバート氏の人となりについて詳《くわ》しい。

だからか、本気で身の危険を感じているようだ。

「なるほど。わざわざ直接脅してきたぐらいですからね。このままシェスの舞踏会デビューが成功すれば、宣言通り俺たちを殺しに来るわけですか」

「そうなんだぞー」

「まいったなー。冒険者《ぼうけんしゃ》ギルドに護衛依頼《いらい》でも出します？　暗殺者から守ってください、って」

「雇《やと》ったヤツらがバートの手下じゃないって保証はないんだぞー」

「あはは、そうでしたね」

脅迫されているのに、いつもと代わらない俺を見て不思議に思ったのだろう。

「シロウ、暗に命を奪《うば》うと脅されながら、どうして貴様はそう笑っていられるのだ。怖く

はないのか？」

セレスさんが訊いてきた。

「んー……。怖いは怖いですけど、そこまで心配してないからですかね」

「貴様は只《ただ》の脅しだと、そう考えているのか？」

「違いますよ」

「ほう。なら貴様の考えを聞かせてもらえるか？」

「いいですよ。そもそも俺がバートさんを恐《おそ》れる理由がないからです。だってこっちにはセレスさんやママゴンさん、それに親分がいるんですよ？　向こうは頼《たよ》りになるこの三人の存在を知らないんです。つまり、はじめから脅しにもなっていないんですよ」

「そ、そうか」

「まあ、主様ったら」

俺の口から出た賞賛に、セレスさんとママゴンさんが頰《ほお》を赤くする。

「でも一応は警戒しておきましょう。セレスさん、」

「なんだ？」

「セレスさんはジダンさんの護衛をお願いできますか？」

「この身は貴様のモノだと言っただろう。貴様が命じるのであれば、否《いな》はない。そこの鳥人は私が守ろう」

「命令じゃなくてお願いなんですけどね。それとママゴンさん」

「なんでしょう、主様？」

「ママゴンさんはすあまをお願いします」

「承知いたしました」

「そんで親分」

「な、なんだ？」

「親分はアイナちゃんのカバンに隠《かく》れて、俺とアイナちゃんを守って欲しい。頼めるかな？」

俺の頼みに、パティはえっへんとして。

「あたいは親分だからな！　あたいに任せるといいぞっ」

快諾《かいだく》してくれるのだった。

こうして、国を亡《ほろ》ぼせるほどの過剰《かじょう》戦力を護衛とした俺たち。

バート氏の言葉に屈《くっ》することなく、舞踏会の成功を目指すことに。

全《すべ》ては、シェスのため。

第一六話　ドレスとシェスと

「シェス、ドレスができたよ」

コスプレ衣装《ドレス》が完成したのは、舞踏会の開催《かいさい》七日前だった。

秋葉原で受け取り、そのまま異世界《こちら》にログイン。

アイナちゃんと共に王宮へ向かい、シェスに完成を知らせた次第《しだい》だ。

「はやいわね。もうできたの？」

シェスが訊いてくる。

「追加料金を払《はら》って急いで作ってもらったからね」

場所はいつものレッスン会場。

部屋にはこれまたいつものメンバーに、カバンに隠れるパティを入れて五人のみ。

「シェス、ドレスを見てみたい？」

「もったいぶってないではやく見せなさいよ」

「よし。じゃあアイナちゃん」

「ん、シェスちゃん、ちょっとごめんね」

「あ……」

俺の目配せを受け、アイナちゃんがシェスを目隠《めかく》しした。

「ちょっとアイナ、なにするのよ？」

「えへへ。シェスちゃんにびっくりしてほしくて」

戸惑《とまど》うシェスに、アイナちゃんが優しく言葉をかける。

「ふーん。そういうこと。ならいいわ。びっくりするかどうかはアマタのドレスしだいだけどね」

アイナちゃんの意図を汲《く》み取ってくれたようだ。

シェスは目隠しされたまま仁王立《におうだ》ちの構え。

バッチコーイって感じだ。

一方で、

「おいアマタ。姫様《ひめさま》のドレスはどこにあるのだ？」

護衛騎士《きし》のルーザさんは、部屋の中をキョロキョロと。

「どこにもドレスがないじゃないか。まさかそのカバンに入っているとは言わないだろうな」

ルーザさんが俺の持っているバッグに目をやる。

「そのまさかです――よっと」

俺は持っていたバッグに手を入れ、中で空間収納《くうかんしゅうのう》を発動。

さもバッグから出しましたとばかりに、ドレスを着せたマネキンを取り出した。

「なっ⁉　まさかそのバッグには空間収納が付与《ふよ》されているのかっ」

ルーザさんが驚愕《きょうがく》する。

いつでも物品を出し入れできる空間収納は、超がつくほどのレアスキル。

その効果が付与されたマジックアイテムも、とんでもなく価値があるのだ。

ルーザさんの驚《おどろ》きも当然というもの。

「商人にとって空間収納が付与されたマジックアイテムは、是《ぜ》が非《ひ》でも欲しいものですからね。いやー、俺もコレを手に入れるのは苦労しましたよ」

そう嘯《うそぶ》き、得意げな顔でバッグを撫《な》でる。

ホントは駅ビルのショップで買った、ただのバッグなんだけれどね。

いまこの瞬間《しゅんかん》も第二王妃《おうひ》派に監視《かんし》されている可能性があるから、念には念を入れてというわけだ。

マネキンには、シェスのドレスを着せてある。

五〇〇万円かかっただけあって、とても完成度の高いコスプレ衣装《ドレス》だった。

正にゲームそのまま。原作ファンが見たら、垂涎《すいぜん》もののクオリティだろう。

「ふわぁ、かわいい！」

「おおっ！　なんて素晴らしいドレスなんだ！　姫様が着るに相応《ふさわ》しい‼」

ドレスを見たアイナちゃんが瞳《ひとみ》を輝《かがや》かせれば、ルーザさんからは感嘆《かんたん》の言葉が。

二人ともドレスの美しさに圧倒《あっとう》されている様子。

そんな二人の変化を感じ取ったのか、

「ちょっとアイナ、いつまで目かくししてるのよ」

シェスがクレームを入れてきた。

仁王立ちの姿勢はキープしつつも、ワクワクソワソワと。

早く手をどけなさい、と急《せ》かしてくる。

「あ、ごめんねシェスちゃん。じゃあ目かくしをとるよ？　心のじゅんびはいーい？」

「とっくにできてるわよ」

「ん、じゃあ……ハイ！」

アイナちゃんが目隠ししていた手をどける。

瞬間、

「っ……」

シェスが言葉を失い、瞳はドレスに釘付《くぎづ》けとなった。

構造としては、プリンセスラインのハイ&ロードレスといったところかな。

スカートが大きくふんわりと膨《ふく》らんでいいて、前部分の裾《すそ》は膝丈《ひざたけ》ほどの高さ。後部にいくほど低くなっていく作りだ。

カラーは白を基調としていて、キャラメル色のコサージュが首元と腰《こし》、それと手袋《てぶくろ》についている。

正面からのみ見えるスカートの裏地には、シェスの瞳と同じ蒼《あお》色が使われていた。

もうこれ、原作超《ご》えしてる完成度じゃないかな。

「……きれい」

シェスの口から漏《も》れ出た、本心からの言葉。

うん。好感触《こうかんしょく》のようだ。

頬を紅潮させたシェスが、そっとドレスに触れる。

「この手ざわりは……シルク？　それにコットンかしら」

「お、気づいた。そうだよこのコスプ――ドレスの生地《きじ》にはね、シルク《絹》とコットン《綿》を使っているんだってさ。店ちょ――仕立て職人がそう言ってたよ」

「シルクだけではなくコットンも使っているだとっ⁉」

素《す》っ頓狂《とんきょう》な声を上げたのはルーザさん。

絹と綿の両方を使っていると聞いて、驚きまくっている様子。

「ええ、コットンも使っていますけれど……それがなにか？」

「お、お、お前！　冗談を言っているのかっ？　コットンだぞ、コットン！」

ルーザさんの話によると、ギルアム王国の衣服は麻《あさ》が主流。

貴族などの上流階級のみ、輸入品である絹から作った服を着ることができるそうだ。

しかしコットン素材の服となると、上流貴族でもそう易々《やすやす》とは手に入らない。

そもそも気候の関係からギルアム王国はもちろん、周辺国でも綿花は育たず、その結果として綿は絹よりもずっと価値が高いそうだ。

僅《わず》かな綿の生地でも、一財産ぐらいにはなるんだとか。

というかそれマジですか。

ニノリッチじゃ、詩織と沙織《さおり》の持ち込《こ》んだ日本の服がちょっとしたブームを起こしていて、みんな一着は綿一〇〇%のTシャツを持っている。

どうやら俺《おれ》たち尼田兄妹《あまたきょうだい》は、いつの間にやらニノリッチの人々を資産家にしてしまっていたようだ。

「へええ。コットンてそんなに価値が高かったんですか。それ知ってたら全部コットンで作ってもらったのにな」

「はぁっ!?」

あごが外れそうな勢いでルーザさんの口が開かれた。

それはもうあんぐりと。

全財産が銅貨三枚のルーザさんにとって、全てをコットン素材で作ったドレスなんて想像の範疇《はんちゅう》を超《こ》えているのだろう。

「シェス、せっかくだしドレスを着てみない？」

「……いいの？」

「とーぜんでしょ。だってこれは君のドレスなんだからね」

「…………うん」

シェスが緊張《きんちょう》した面持《おもも》ちで頷《うなず》く。

「わかった。それじゃ俺は部屋から出てるから、アイナちゃんはルーザさんと協力してシエスにドレスを着せてあげて。あ、こっちは靴《くつ》と装飾品《そうしょくひん》ね」

靴やらティアラやらが入った箱をアイナちゃんに渡《わた》す。

アイナちゃんは「うんしょ」と箱を受け取ると、大きく頷いた。

「アイナがね、シェスちゃんをかわいくしてあげるの」

「ありがと。よろしくね」

「ん」

「ルーザさんもお願いします」

「わ、わかった。姫《ひめ》にわわわ、私がこのドドド、ド、ドレスを着せればいいんだな。ま、ま、任せておけ！」

ドレスの価値を知って、ルーザさんの緊張がヤバイ。

全財産が銅貨三枚のルーザさんに、ドレスを着せる手伝いは重圧だったようだ。

「じゃあ、俺は扉《とびら》の前で待ってるから、着替《きが》え終わったら呼んでね」

そう言って、俺は部屋から出て行くのでした。

◇◆◇◆◇

「シロウお兄ちゃん、おわったよ」

アイナちゃんに呼ばれ、部屋に戻《もど》る。

そこには――

「ど、どうかしら？」

ドレスを着たシェスが、顔を、真っ赤にして立っていた。

頭には赤い宝石（合成ルビー）がついたティアラ。

リボンのついた靴。

ドレスと同じキャラメル色のコサージュがついた手袋。

シェスが着たコスプレ衣装は、原作ファン感涙《かんるい》ものの完成度だろう。

店長の言葉を借りるなら、二次元の存在を現世へ召還《しょうかん》したってヤツだ。

「うん。すっごく可愛《かわい》いよシェス」

「……」

シェスが顔を真っ赤にして俯《うつむ》く。

「せっかくだしシェスも見てみる？　よいしょっと」

俺は用意していた姿見を、バッグ越しに空間収納から取り出す。

「さ、どーぞ自分の姿をご覧あれ」

そう言って姿見にシェスを映す。

「……」

シェスが恥《は》ずかしそうに鏡を見る。

自分が履《は》いている靴を見て、スカートを見て、そして……自分の髪《かみ》を見たとき、シェスの顔がくしゃりと歪《ゆが》んだ。

「シェスちゃん?」

「……」

アイナちゃんの呼びかけに、しかしシェスは応《こた》えない。

「どうしたのシェス?」

「……う……うぅ」

さっきまで嬉《うれ》しそうにしていたシェスが、泣いていた。

「ひ、姫様?　どうされました?」

「どこかいたいの?」

シェスの急変にみんなが心配する。

涙を流したシェスは、やがてポツリと。

「あたしにこのドレスは……にあわないわ」

「似合わない?　なんで?　お世辞じゃなくすっごく似合っているよ」

「ちがう!　にあってなんか、ない!」

俺の言葉にシェスが頭を振《ふ》る。

「かんちがいしないで。このドレスはすばらしいわ。パトリシアだったらさぞにあったことでしょうね。でも……あたしは……」

シェスが、震《ふる》える手で自分の髪に触れる。

「こんなカミ《髪》じゃ、どんなドレスをきてもにあわないのよ！　バカにされるだけなのよ!!」

シェスの目から、涙がこぼれ落ちる。

「あたしは……あたしは――このカミのせいで……ずっと……」

悔《くや》しそうに唇《くちびる》を噛《か》みしめ、シェスは語りはじめた。

吐《は》き出しはじめたと言ってもいい。

それは癖毛《くせげ》で生まれたシェスの、王宮での苦しい日々のことだった。

幕間《まくあい》

それは、シェスフェリアにかけられていた呪《のろ》いのようなものだった。

――見ろ、あそこに獣王女《けだものおうじょ》がいらっしゃるぞ。

――本当だわ。今日も御髪《おぐし》が獣のように乱れておいでね。

当時のシェスフェリアは、まだ三つか四つだった。

物事の善悪も分からぬうちから、シェスフェリアは王宮の者たちに後ろ指をさされ、嗤《わら》われ続けていたのだ。

――ただ、髪に癖《くせ》がついているだけで。

シェスフェリアは第一王妃アニエルカの娘《むすめ》にして、ギルアム王国の第一王女。本来ならば、皆から傅《かしず》かれて然《しか》るべき存在だ。

けれども、それを許さぬ者がいた。

――シェスフェリア、貴女《あなた》の髪は本当に獣のようね。

エリーヌ第二王妃だ。

第一王妃である己《おのれ》の母よりも、遥《はる》かに強い権力を持つあの女は、シェスフェリアを目の敵《かたき》にしていたのだ。

味方がいないシェスフェリアに、抗《あらが》えるわけがなかった。

それでも、悪意の矛先《ほこさき》が己だけならばまだよかった。

――姉様、あの噂《うわさ》を聞きました？　シェスフェリアの父親が陛下ではないと疑う者がおりますのよ。

あの女から吐き出された、猛毒《もうどく》のような言葉。

己の髪のせいで、大切な母が毒を浴びせかけられている。

母に対し、申し訳ない気持ちでいっぱいだった。

――もし自分が、父や母と同じ髪だったならば。


そう思わぬ日などなかった。

だって母が苦しめられているのだ。

どうしてそれを――この髪を、受け入れられるだろうか。

シェスフェリアは、ならばせめて王女として立派になろうと考えた。

勉学に励《はげ》み、王族としての振る舞《ま》いを身につけ、己のせいで毒を浴び続ける母の汚名《おめい》を雪《すす》ごうと考えたのだ。

けれども、

――シェスフェリア殿下《でんか》、髪が気になるのでしたら切ってみては？

――そんな髪では学びの邪魔《じゃま》となりましょう。

どうしようもなく、髪が気になった。いや、正確には髪を嗤う者たちの視線が気になったのだ。

教師、侍女《じじょ》、貴族の子弟《してい》に子女。誰《だれ》も彼《かれ》もがシェスフェリアの髪を見て嗤っていた。

嗤う者たちの目が気になって、シェスフェリアは何事にも打ち込めなくなってしまった。

その上、八ヵ月遅《おそ》く生まれた妹は自分よりもずっと優秀《ゆうしゅう》だという。

髪だけではなく、全てにおいて妹と比べられ、嗤われた。

八歳《さい》の少女が逃《に》げ出したとしても、仕方の無いことではないか。

士郎《しろう》と出逢《であ》ったのは、そんな時だ。

――俺と一緒に練習してみないかい？

惨《みじ》めにも王宮から逃げ出した自分に、士郎が投げかけた温かな言葉。

正直、とても嬉しかった。

王宮では誰もがシェスフェリアの髪を嗤っていた。

嗤わないのは、母と父と、護衛の騎士のみ。

それ以外の者たちは、皆己《みな》の髪を見て眉《まゆ》をひそめるか、陰口《かげぐち》を叩《たた》くかしていた。
なのに、士郎もアイナも嗤わなかったのだ。
王女に似つかわしくない髪を見ても、嗤わなかったのだ。
あの瞬間、シェスフェリアは救われていたのだろう。

——ほら、これがシェスのためのドレスだ、

士郎が用立てたドレスは、ピカピカでキラキラしていた。
それは大陸中の姫君《ひめぎみ》たちが羨《うらや》むであろう、美しいドレスだった。
だがシェスフェリアは、美しいが故《ゆえ》にこのドレスを着てはならないと思った。
獣のような髪をした己が、こんなにも美しいドレスを身につけていいはずがない。
だからシェスフェリアは——

『あたしにこのドレスは……にあわないわ』
『似合わない？　なんで？　お世辞じゃなくすっごく似合っているよ』
『ちがう！　にあってなんか、ない！』

士郎のドレスを拒絶したのだった。

第一七話　魔《ま》法使《ほうつか》いシロウ

「シェスちゃん……」

「姫様……」

シェスが吐き出した過去に、アイナちゃんだけじゃなくルーザさんまで言葉を失ってしまう。

自分じゃどうしようもない、身体的特徴《とくちょう》。

もしもシェスが王女でなければ、癖毛なんかで思《おも》い悩《なや》むこともなかっただろう。

たとえ両親に髪質《かみしつ》が似ていなかったとしても。

それでも自分自身が揶揄《やゆ》されるだけなら耐《た》えられただろう。

しかし、そこにアニエルカ王妃が——大切な母親まで含《ふく》まれてしまえば、話は変わる。

シェスは苦しむアニエルカ王妃の姿を見てきたのだ。

自分のせいで。不義の子と陰口を叩かれ。

「……うっく、ひぐぅ……うぅ……」

部屋にシェスの嗚咽《おえつ》だけが響《ひび》く。

「そっか。シェスはずっと我慢《がまん》してきたんだ」

俺はシェスの頭に手を置き、優《やさ》しく撫でた。

いつものシェスだったら、きっと「なにするのよ！」とか言って手を払ったはずだ。

でもいまは——されるがままだった。

「うぅ……あぐぅ……うわあぁぁぁぁあっ」

それどころか抱《だ》きついてきた。

ちょっと驚いたけれど、俺のはシェスの背中をさする。

「悔しいよね。うん。悔しいよ。シェスから話を聞いただけの俺も凄《すご》い悔しいよ。悔しい し、とっても怒《おこ》ってる」

「……アマタ」

弱々しく頷いたシェスが、俺の背に手を回す。

こちらの反応を窺《うかが》うように、少しずつ力を入れて。

それは抱きしめられることに慣れていない、幼子のようだった。

「俺でもこんなに悔しいんだ。ずっと我慢してきたシェスならもっとだよね」

「…………うん」

「だからさ、俺から一つ提案だ」

「……ん？」

涙でぐしゃぐしゃになったシェスが、顔を上げる。

俺はハンカチを取り出し、シェスの涙を拭《ふ》き、続けた。

「舞踏会《ぶとうかい》でシェスをバカにしてた連中を見返してやろうぜ」

「みかえすって……でも、あたしのカミは――」

「大丈夫《だいじょうぶ》。俺がなんとかしてあげるよ」

「……え？」

戸惑うシェスに、俺は自信満々な顔で。

「俺は魔法使いではないけれど、実は魔法が使えるんだ」

そんな俺の言葉に、シェスはきょとんとするのだった。

第一八話　舞踏会

遂《つい》に舞踏会当日が訪《おとず》れた。

俺はシェスのドレスを仕立てた商人として。アイナちゃんは俺の小間使い（という名目）兼《けん》、シェスの友人として。

共に舞踏会の出席が許されていた。

アニエルカ王妃はジダンさんにも参加してもらいたかったようだけど、鳥人《バードマン》というだけで参加不可。

まあ、本人は参加できなくて心底安堵《あんど》していたようだけれどね。

「シロウお兄ちゃん、」

「ん、なに？」

「あの人、シロウお兄ちゃんをキョーハクしたおじさんでしょ？」

会場の一点を見つめるアイナちゃんが、ひそひそ声で訊《き》いてくる。

視線の先には、

「んふふふふっ。エリーヌ王妃、本日も大変美しゅうございますなぁ」

「あーら、ありがとう。貴方《あなた》が用立てたドレスもなかなかよ。私の美しさをより引き立ててくれるわ」

「なんと⁉　それは私がご用意したドレスでしたか。いやぁ、エリーヌ王妃があまりにも美しいのでドレスが霞《かす》んでしまいましたなぁ」

バート氏と第二王妃が楽しげに会話をしていた。

端《はた》から見ていると、正に悪の二大巨頭って感じだ。

アイナちゃんと見ていると、

「あら」

不意に、第二王妃がこちらに気づいた。

しかもツカツカと音を立て、近づいてきたじゃないか。

「貴方もいたのね、辺境の野蛮《やばん》——民」

どうも辺境の野蛮民です。

とは当然言えるわけもなく、

「これはこれはエリーヌ第二王妃」

ただの平民として跪《ひざまず》く。

隣《となり》のアイナちゃんは、スカートの裾を持ち上げる女性の挨拶《あいさつ》『カーテシー』を華麗《かれい》にキメていた。

「アニエルカ王妃のご厚意《こうい》により、舞踏会への参加を許されまして」

「はぁ……。本当に姉様は勝手ね。こんな見窄《みすぼ》らしい商人を王家主催《しゅさい》の舞踏会に招くだなんて」

早くも嫌《いや》み攻撃《こうげき》がはじまったぞ。

舞踏会の開会宣言すらまだなのに。

「ああ、聞いたわよ辺境の民。貴方がシェスフェリアに素晴《すば》らしいドレスを用意したとか」

「恐縮《きょうしゅく》です」

「しかもドレスだけではなく、シェスフェリアにダンスの手解きもしたそうね」

「いえいえ、大したことはしていませんよ」

「シェスフェリアが踊れるようになったと聞いて、私とても嬉しかったのよ。……なぁにその顔は？　本当よ。本当に嬉しかったのよ。……全身が震えるほどに嬉しかったのだから」

第二王妃の目がギランと光り、俺とアイナちゃんを睨みつける。

それ、震えていたのは嬉しさからじゃなくて怒りからですよね？

第二王妃の視線から逃れようと、アイナちゃんが身を小さくする。

こちらを窺っていたバート氏が、ニヤついているのが見えた。

そんななか、不意に第二王妃がくすりと笑う。

「けれども……残念だったわねぇ。いくら素晴らしいドレスがあっても、着るのがあのシェスフェリアなんですもの。貴方には同情しますわぁ」

「えーっと、それはどういう意味でしょうか？」

「あーら、わからないの？ それともわかった上で惚《とぼ》けているのかしら？」

第二王妃は嫌《いや》らしい笑《え》みを浮《う》かべ、続ける。

「獣のような髪をしたシェスフェリアでは、どんなドレスを着ても恥《はじ》を掻《か》くだけだわ。むしろ、ドレスが素晴らしければ素晴らしいほど、より滑稽《こっけい》になるでしょうねぇ。というか……あら？ 貴方はそれを理解した上でシェスフェリアに素晴らしいドレスを用意したのかしら？ だとしたら貴方も人が悪いのね。おほほほほほっ」

好き勝って言った第二王妃が、話は終わりだとばかりに去って行く。

息を吐いて隣を見れば、アイナちゃんの顔が真っ青になっていた。

田舎《いなか》暮らしの純真無垢《じゅんしんむく》な八歳の少女にとって、性根《しょうね》の腐《くさ》った第二王妃は刺激《しげき》が強すぎたようだ。

小さい頃《ころ》から、あんなにも強烈《きょうれつ》な第二王妃から嫌みを言われ続けていたんだ。

そりゃシェスも、ちょっとわんぱくな性格になっちゃうよね。

まあ、どっかの第二王妃と違《ちが》って、シェスの心根は真《ま》っ直《す》ぐだけれども。

「アイナちゃん、もう大丈夫だよ」

「う、うん」

二人でほっと一息ついていると、舞踏会の開催が宣言された。

楽団による演奏がはじまり、若い男女はそわそわと。

けれども、まだ誰も踊《おど》ってはいない。

なぜなら本日の主役は二人の王女だからだ。

「確か……まず王女が最初に踊るんだったよな？」

最初に主役——今回は二人の王女——が登場し、参加者の男子がダンスを申《もう》し込む。

申し込みを受け入れた王女が踊り、それをみんなで見届ける。

主役が踊り終え、やっと他の参加者たちもパートナーを見つけ踊り出すんだとか。

ルーザさんから聞いた舞踏会の説明を思い出しながら、進行を見守る。

「パトリシア・プリメル・ギルアム王女殿下のご来場です」

進行役らしき中年男性が告げる。

扉が開かれ、深緑色のドレスで着《き》飾《かざ》った少女が入場してきた。

瞬間、舞踏会会場が大いに賑《にぎ》わいだした。

「おおっ、美しくお育ちになりましたなパトリシア殿下！」

「知性溢《あふ》れたお顔立ち、さすがはユペール家の血族だ」

「あの陛下譲《ゆず》りの美しい髪を見よ。女神《めがみ》ですら羨むだろうよ」

会場の反応は上々。

本心か第二王妃への媚《こび》かはわからないけれど、皆《みな》一様に賞賛を送っていた。

「ああっ、美しいわパトリシア！」

娘の出で立ちに、第二王妃がうっとりとした声を出す。

あんな愛情のこもった声も出せたのね。

パトリシア殿下は会場の中心に立ち、スカートの裾を上げ膝《ひざ》を曲げる。

カーテシーだ。

会場から拍手《はくしゅ》が起こり、それが収まると、

「パトリシア王女殿下、どうか私とダンスを！」

「いや私と！」

「僕《ぼく》と踊っていただけませんか？」

イケメン男子から、ダンスの申し出が殺到《さっとう》した。

まるでアイドルのサイン会。年齢《ねんれい》も幅広《はばひろ》く、一桁《けた》から二十歳《はたち》ぐらいまでいる様子。

将来の婚約者《こんやくしゃ》を決める場でもあるそうだから、王族になるチャンス！　とでも思っているのだろうか。

ワンチャンあるぞコレ！　みたいな。

パトリシア殿下の人気は凄《すさ》まじく、あっちでちやほや、こっちでちやほやと、許嫁《いいなずけ》のいない男子たちの大移動が起きている。

その様子を見て第二王妃もご満悦《まんえつ》。

ドレスも大変好評で、バート氏もにんまりとしていた。

「静粛《せいしゅく》に！　静粛に願います！　まもなくシェスフェリア王女殿下がご来場されます！　どうか静粛に！」

進行役の男性が声を張り上げた。

それを聞き、参加者たちがハッとする。

参加者たちの顔に、そういえばもう一人いたな、と書かれていた。

「「「……」」」

会場が静まりかえる。

マンガだったらシーンって書かれているようなシチュエーションだ。

でもしばらくして、

「今夜はもう一人いるんでしたな」

「あの獣のような髪をした王女か」

「気性《きしょう》も荒《あら》いと聞きますぞ。それこそ獣のように」

あちこちからプークスクスと、シェスをあざ笑う声が漏れ聞こえた。

そっとアニエルカ王妃に眼を向ける。

「……」

アニエルカ王妃は毅然《きぜん》としているも、力一杯《ちからいっぱい》手を握《にぎ》りしめていた。

手袋に赤いシミが広がっているように見えるのは、目の錯覚《さっかく》ではないだろう。

爪《つめ》が手のひらに食《く》い込むほどに、握りしめているのだ。

悔しくて、悔しくて、癖毛に生んでしまったシェスに申し訳なくて。でもどうしようもなくて。

そんな中、

「シェスフェリア・シュセル・ギルアム王女殿下のご来場です」

進行役の男性がシェスの来場を知らせる。

会場はこんどこそシーン。

参加者の大多数は興味がない顔をしているか、弱いモノをいたぶろうとしている邪悪《じゃあく》な顔をしているかのどちらかだった。

静まりかえった会場で、ついに扉が開かれた。

コツコツと靴音《くつおと》が響かせ、シェスが会場の中心へ。

シェスは静まりかえった会場を気にもせず、スカートの裾をつまんで一礼。

瞬間《しゅんかん》、会場の誰もが息を呑《の》むのがわかった。

「「「っ……」」」

舞踏会の夜。

そこに美しい少女がいた。

「あれは……本当にシェスフェリア殿下か？」

「な、なんで髪が……」

「誰だ！　シェスフェリア殿下のお髪《ぐし》が獣のようだと言った馬鹿者《ばかもの》は。見ろ、あんなにもお美しいお髪をしているぞ！」

誰もが彼もが驚愕《きょうがく》していた。

シェスの美しさに。シェスの真っ直ぐに伸《の》びた、美しい髪に。

「やったなシェス。みんなびっくりしているぞ」

「シロウお兄ちゃん、シェスちゃんカワイイね」

「うん。可愛いね」

「シェスちゃんがおひめさまになってる」

「あはは、もともとお姫さまだったからね」

会場中の視線を集めるシェス。

俺とアイナちゃんの目も、シェスに奪《うば》われていた。

「シロウお兄ちゃんのまほーって、すごいね」

「ありがと。しっかし、縮毛矯正《きょうせい》ができるようになるのは大変だったな」

そうなのだ。俺がシェスにかけた魔法。それは『縮毛矯正』。

縮毛矯正をかければ、頑固《がんこ》なチリチリヘアの持ち主でさえサラサラストレートになる。

いまの、シェスのようにね。

縮毛矯正のやり方を身につけるのは、本当に骨が折れた。

専門店から薬剤《やくざい》とヘアアイロンを買い、妹の詩織にやり方を教えてもらう。

一通りのやり方がわかったところで、次は実践《じっせん》だ。

詩織の指導の下、まずは自分で。

次にばーちゃんと沙織《さおり》で試《ため》し、なんとか出来るようになった。

シェスに縮毛矯正の施術《せじゅつ》をして成功したときは、思わずガッツポーズしちゃったもんだ。

しかも付髪《つけがみ》――エクステまでつけているから、シェスの髪はいつもより長くなっている。

貴族の間で、女性の髪は長いほど美しいとされているのを聞き、急ぎエクステの購入《こうにゅう》と施術技術を学んだのだ。

まさか、美容師の真似事《まねごと》をする日が来るとは思わなかったぜ。

でも……うん。

いまのシェスの凛々《りり》しい顔。ホント、がんばってよかったな。

「ストレートヘアになったときのシェス、すんごい顔してたよね」

「ね。シェスちゃんおどろいてたね。『ホントにあたしのカミなの?』って」

サラサラヘアになったシェスの顔は、自信に満ち溢れていた。

もう誰にも文句は言わせないと、振る舞いからして凛々しかったのだ。

人の陰口に怯《おび》えていたシェスは、もうどこにもいなかった。

「シェスフェリア殿下! どうか――どうか私と踊ってください!!」

突然《とつぜん》、一人の男子が、辛抱《しんぼう》堪らんとばかりにダンスを申し込む。

そしてそれが合図となった。

「サンマルフォス家のレミリオと申します！　何卒僕《なにとぞぼく》と一曲！」

「け、結婚《けっこん》してください！」

「ワシはこう見えて独身でのう……」

「貴女に全《すべ》てを捧《ささ》げます！　どうか永遠の愛を!!」

俺の用意したドレスに、縮毛矯正によるサラサラのストレートヘア。

なにより王女の名にふさわしい凛々しい佇《たたず》まいに、ダンスの申し込みどころか求婚《きゅうこん》まではじまってしまったぞ。

中には、明らかに還暦越《かんれきこ》えている人までいるじゃんね。

シェスを取り巻く人の数は、パトリシア王女よりもずっと多い。

どちらが人気か、一目でわかるほどに。

いくら権力や派閥《はばつ》で縛《しば》ろうとも、本当に美しいものを見たとき、人は己の心に素直《すなお》になってしまうのかもしれない。

「シロウお兄ちゃん」

「ん？」

「シェスちゃん、どんなひととダンスするのかな？」

「そうだねぇ……シェスは相手の家柄《いえがら》とか気にしなさそうだから、単純にカッコイイ人じやないかな？」

「そっかー。シェスちゃんのダンス、はやく見たいな～」

俺《おれ》とアイナちゃんは、ダンスパートナーがどんな人になるかと予想を巡《めぐ》らす。

そんななかのことだ。


――コツ、コツ、コツ。


靴音が響いた。

音の鳴る方に視線を向けると、そこには――

「アマタ！」

シェスが立っていた。

俺の目の前に。顔を真っ赤にして。

「シェス……フェリア殿下、なにかご用ですか？　あ、ひょっとしてドレスがほつれちゃったとか？」

五〇〇万円の品とはいえ、人が作った以上絶対はない。

だからそう訊いてみたのだけれども、シェスは首を振る。

「ち、ちがうわ。ドレスはとってもすばらしいわよ。そうじゃなくて……そうじゃなくて──んっ!!」

シェスが俺の前に手を差し出した。

「……え?」

「んっ!」

「ちがうわよ! アクシュじゃなくて……あ、あたしとおどりなさい!」

「えっと……握手《あくしゅ》?」

「………はい?」

シェスの言葉に、今度こそ変な声が出た。

「いいからっ。いいからおどりなさい! これはめいれいよ!」

顔を真っ赤にしたシェスが、俺に手を伸ばしている。

「でも俺は貴族でもないただの商人だよ。場違《ばちが》いにも程《ほど》があるんじゃないかな?」

「あたしは──ア、アマタとおどりたいの! いわせないでよね。もうっ」

ぶすっとした口調。しかし、いつものようにそっぽを向くことはなかった。

俺を真っ直ぐに見据《みす》え、手を差し出している。

きっと、これがシェスなりの感謝の仕方なのだろう。

「うん、わかった」

俺はその手を握り、

「シェスフェリア王女殿下、どうかぼくと一曲」

恭《うやうや》しく跪く。

シェスは口元を綻《ほころ》ばせ。

「いいわよ。さあ、おどりましょう！」

承諾《しょうだく》を得て、手を繋《つな》いだまま立ち上がる。

アニエルカ王妃が楽団に合図を送る。

すぐに曲が変わった。シェスとのダンスレッスンで散々聴《き》いた曲だった。

「……あし、ふまないでよ？」

「努力するよ」

周囲からの刺《さ》さるような視線を無視し、俺とシェスは踊り出した。

ステップ。ステップ。ターン。

シェスの美しいダンスに、俺は必死になってついていく。

曲のサビ部分でシェスが一回転。ステップを踏《ふ》んで次は俺が一回転。

シェスが俺の腰《こし》に手を回す。

このダンスにおける一番の密着シーンだ。

瞬間、

「……アマタ、ありがとう」

俺はシェスから感謝の言葉を頂戴《ちょうだい》するのだった。

シェスの舞踏会デビューは、大盛況《だいせいきょう》の内に幕を閉じた。

第一九話　報復

「ふーん。舞踏会であの王女が人気だったのかー」

舞踏会の翌日。

俺とアイナちゃんは、ジダンさんと一緒《いっしょ》に王宮へ向かっていた。

まだ午前中だというのに、通りは活気に満ちている。

道行く人の数も多く、思うように進めないほどだった。

「そうなんですよ。ジダンさんにも昨日のシェスを見せたかったなー。ね、アイナちゃん」

「うん。シェスちゃんね、キラキラしてたんだよ」

「シロウとアイナがそこまで言うなんて、オイラも見たかったんだぞー。でもよー、まわりは貴族ばっかなんだろー?」

「そりゃ王宮での舞踏会ですから。爵位《しゃくい》のない参加者なんか、俺とアイナちゃん……あとはバートさんぐらいでしょうね」

「だよなー。貴族だらけなんてよー、オイラ窮屈《きゅうくつ》すぎて心臓が止まっちゃうんだぞー」

「あはは、そうでしたね」

昨夜の舞踏会は大成功だった。

王女として立派に振《ふ》る舞ってみせたシェスに、アニエルカ王妃《おうひ》だけではなく国王陛下までもが感動していた。

まあ、ダンスのパートナーに俺を選んだときだけは、会場がざわついていたけれどね。

「シェスちゃん、きれーだったなぁ」

うっとりした顔でアイナちゃん。

「ね。なんか俺たちが知ってるシェスとは別人みたいだったよね」

「うん。ほんとうにおひめさまだった」

昨夜の光景は、しっかりと記憶《きおく》に刻んだ。

だからだろう。一日経《た》っても俺とアイナちゃんの話題は、シェス一色だった。

「舞踏会の主役になったシェス、かっこよかったよね」

「かっこよかった。でもおどってるシロウお兄ちゃんもかっこよかったよ?」

「えー、それホント?」

「ホントだよ」

「なんだなんだー? シロウも踊ったのかー」

「舞踏会ではいろいろとありまして」

シェスは大人気で、俺と踊った後もひっきりなしにダンスを申し込《こ》まれていた。

あの第二王妃が鬼《おに》のような顔をしていたから、ドレスもダンスも、そして縮毛矯正した髪《かみ》も、すべて文句なしのクオリティだったと言えるだろう。

「しっかし、シェスがダンスを教えてくれて恥をかかずにすんだよ」

「えへへ。シロウお兄ちゃん、けっきょくルーザお姉ちゃんとおどれなかったんだもんね」

「そそ。『私と手を繋ぐなら婚約《こんやく》してからだ！』とか言われちゃねぇ。いくら俺でもそんな冒険《ぼうけん》はできなかったよ」

舞踏会トークに花を咲《さ》かせ、繁華街《はんかがい》を抜《ぬ》けたタイミングでのことだった。

「よお。そこのお前たち、ちっと待ってくれや」

十字路に差しかかると、いかにもチンピラですって輩《やから》が声をかけてきた。

カツアゲの予感。

「……ジダンさん、アイナちゃん、行きましょう」

「おーう」

「う、うん」

チンピラを無視し、早足で通り過ぎる。

しかし、進行方向からもチンピラの群れが現れた。

「こっちだアイナちゃん」

アイナちゃんの手を握り、十字路を右に。

曲がった先にもチンピラの群れがいて、

「ですよねー」

やっぱりというか、振り返ってもチンピラたちがいた。

つまり俺たちは、前後左右をチンピラ軍団に囲まれてしまったのだ。

数は二〇人ほどか。全員が不快な笑みを浮かべていた。

「コイツらが例の商人か？」

「間違《まちが》いない。鳥人《バードマン》と珍《めずら》しい格好をした只人族《ヒューム》。ボスが言っていた通りだ」

「ケッケッケ、コイツらを好きに殴《なぐ》っていいわけか」

「まだ殺すなよ。殺すのはボスたちの前でだ」

「商人なら貯《た》め込んだカネも吐《は》き出させねぇとなぁ」

チンピラたちの会話を聞く限り、どうやら待ち伏《ぶ》せされていたようだ。

十中八九、バート氏の息がかかった者たちだろう。

「さーて、お前たち」

チンピラの一人が前に出る。

物事を暴力で解決してきたであろう、嫌な顔つきをした男だった。

「ボスがお呼びだ。一緒に来てもらおうか」

アイナちゃんが震《ふる》えながら俺の手を握る。

俺は握り返してから、毅然とした態度で。

「あなたたちのボスが誰《だれ》かは知りませんが、用件があるのならそちらから出向くのが筋なのでは？」

「ふーん。ひょろいクセにずいぶんと強気じゃないか。商人と聞いていたんだが……どうやらこっちの数も数えられないらしいな」

男の言葉に、チンピラたちから笑い声が上がった。

「別にイヤならイヤで構わないんだぜ。ただ、それが通るかはお前さん次第《しだい》さ。オイ」

「ヘイ！」

男の合図で、チンピラたちが武器を抜いた。

ナイフや小剣《しょうけん》を構え、ゆっくりと近づいてくる。

「殺すなと言われちゃいるけどよ、要は『生きていれば』何してもいいわけなんだわ。分かるか？　指の一本二本、なんなら腕《うで》や足だって落っことしちまってもいいんだぜ？」

「なるほど。従わないなら暴力に訴《うった》えるというわけですか」

俺の言葉に、リーダー格の男が肩《かた》をすくめる。

「悪いな。生まれてからこっち、暴力《コレ》でしか言うことを聞かせたことがなくてな。さっきも言ったがよ、お前さんがイヤならイヤで構わんぜ。ま、おれなら素直に従っとくがな」

「ぎゃははは っ。アニキ、いま従っても待ってるのはもっと苦しい死に方だけですぜ!」

「言うなよバーカ。コイツらがビビっちまうだろうが」

「ひひっ。どうせボスに殺されるんですぜ。言っても言わなくても同じ事でしょうよ」

再びチンピラたちから、どっと笑い声が上がった。

どうやらこのチンピラたちは、一切《いっさい》の遠慮《えんりょ》がいらない相手のようだ。

暴力に訴えるというのならばこちらも容赦《ようしゃ》はしない。

いまこそ出《い》でよ、伝説の妖精《ようせい》族。

そう決意し、

「出番だ! おやぶ――――」

アイナちゃんのカバンに向かって、「親分!」と叫《さけ》ぼうとした刹那《せつな》、

「この痴《し》れ者《もの》共め」

無数の雷《かみなり》がチンピラたちに降り注いだ。

「「あぎゃあああぁぁぁぁあああ――――っっっ!!」」

絶叫《ぜっきょう》が響き、バタバタと倒《たお》れていくチンピラたち。

いまの一撃《いちげき》でチンピラの群れは壊滅《かいめつ》状態。

白目を剥《む》いて泡《あわ》を吹《ふ》いてはいるけれど、たぶん死んではいないはず。たぶんね。

「ご無事ですか、主様?」

ふわりと、ママゴンさんが空から降りてきた。

胸には抱っこされたすあまの姿も。

どうやら先ほどの雷は、ママゴンさんの魔法だったようだ。

しかし、これにぷりぷりと怒る者がいた。

「お、おいママゴン! なんでここにいるんだよっ? そいつらはあたいがやっつけるところだったんだぞっ」

結果として、見せ場を奪われる形となったパティだ。

シェスの時といい、直前で出番を奪われたのはこれで二度目。

戦う気満々だったパティが、アイナちゃんのカバンから出てきてホバリング。

腰に手を当て、怒ってるアピールその二を披露《ひろう》する。

「シロウとアイナはあたいが守るって、そう決めただろっ」

「そうですよママゴンさん。助けてもらったことには感謝していますが……どうしてここに？」

「言いつけを破り申し訳ありません、主様。ですが宿が襲撃《しゅうげき》を受けたので、つい」

「なんですって⁉　襲撃者たちは生きてますか？」

俺の言葉を聞き、ジダンさんが盛大にずっこける。

「……シロウよー。心配する相手が逆なんだぞー」

「いやいや、聞いてくださいジダンさん。ママゴンさんもセレスさんも、実はめちゃくちゃ強いんですよ。返り討《う》ちに遭《あ》った人たちがちゃんと生きてるか、心配になるじゃないですか」

「ご安心下さい主様。主様の命を守り、私もあの魔人《まじん》も襲撃してきた愚《おろ》か者共を滅《めっ》してはおりません」

「………本当は？」

「五人ほど心の臓が止まりかけましたが、直前で私が治癒《ちゆ》を施《ほどこ》しました。だから滅した者はおりません。ええ、おりませんとも」

ママゴンさんの話によると、俺たちが宿泊《しゅくはく》している宿、雷鳥《らいちょう》の止まり木亭《てい》に襲撃があったらしい。それもついさっき。

襲撃に来たのはチンピラたち数十人。

連中の目的は宿に残った三人――ママゴンさんとセレスさん、それにすあまの確保だったそうだ。

襲撃する場所が高級宿ということもあって、けっこうな人数だったとか。

斯《か》くて、最上階のスイートルームに押《お》し寄せるチンピラたち。

しかし彼《かれ》らは知らなかったのだ。

刃《やいば》を向けた相手が、超常の存在であることを。

きっと仲間を攫《さら》うことで、俺への脅《おど》しとして利用するつもりだったに違いない。

けれども、

「襲撃してきた塵《ちり》共は、皆あの魔人が制圧致《いた》しました。私は主様に万が一があってはならぬと思い、こうして馳《は》せ参《さん》じた次第です」

襲撃者は全員返《かえ》り討ち。

ママゴンさんが来たのは、俺の身を案じてのことだった。

「そうでしたか。気にかけて頂きありがとうございます。それで……セレスさんはいまどちらに？」

「あの魔人は、襲撃者たちに命じた者の名を問い質《ただ》しているところです」

とママゴンさん。

問い質すって……ねぇ。問い質されるのがチンピラ——おそらく地下ギルドの人たちで、問い質す側は魔族のセレスさん。

セレスさんが、平和的手段で問い質していることを祈《いの》るばかりだ。

「あいにゃぁ！」

「スーちゃん！」

ひしと抱《だ》き合う、すあまとアイナちゃん。

パティが一緒にいるとはいえ、大人数に囲まれるのは怖《こわ》かったんだろうな。

アイナちゃんの体が震えていた。

互《たが》いの安否確認《かくにん》が取れたところで、事後処理へ。

ママゴンさんが、倒れ伏《ふ》すチンピラたちを一瞥《いちべつ》する。

「主様、この不届き者共はどう処分致しましょう？」

チンピラたちに、ゴミを見るような目を向けるママゴンさん。

「ご許可を頂ければ、塵一つ残さず滅してみせますが？」

「見せないでください、そんなところ」

「そうですか。お見せできなくて残念です」

ママゴンさんがため息をつく。

俺への忠義度がカンストしているからか、ママゴンさんは本気で滅したかった様子。

「でも彼らは犯罪者です。衛兵に突《つ》き出し――」

「アマタ―――!!」

「ましょう。……って、ルーザさん？」

「アマタ―――――!!」

一難去ってまた一難。声のする方を振り返れば、そこにはルーザさんの姿が。

すぐにアイナちゃんがカバンを開け、その中にパティが隠《かく》れる。

ナイスコンビネーション。これでルーザさんを迎え入れる準備はできた。

「アマタ―――!!」

こちらに全力疾走《しっそう》中のルーザさん。

何事かと思ったが、その姿がハッキリと見えてくるにつれ、不安が募《つの》っていく。

なぜならば――

「はぁ……はぁ……アマタ！　ここに……いたか」

「え？　え？　ちょ、ルーザさん、大丈夫《だいじょうぶ》ですかっ⁉　っていうかなんで血を流しているんですかっ？」

ルーザさんが、あちこちから血を流していたからだ。

特に右肩《みぎかた》なんて、一目でわかるほどに出血量がヤバイ。

「話は後だ、悪いが手を貸してくれ」

「手を貸すって……またシェスが逃《に》げ出したんですか？」

「いいや。お逃げになったのではない」

ルーザさんは首を振り、心底悔《くや》しそうに。

「……攫われたのだ」

◇◆◇◆◇

「シェスが攫われたですってっ⁉」

「ああ……一瞬《いっしゅん》の出来事だった」

ルーザさんの傷をママゴンさんが治癒しつつ、詳《くわ》しい話を聞く。

「また姫様《ひめさま》が王宮を抜け出し、亜人《あじん》街へお出かけになってな。今回は密《ひそ》かに私も後をつけていたのだが……突然、怪《あや》しげな集団が現われたのだ。それで姫様が――……」

舞踏会《ぶとうかい》の余韻《よいん》が残っているのか、この日のシェスは上機嫌《じょうきげん》だったそうだ。

上機嫌のまま、いつものように厨房《ちゅうぼう》で食べものをくすね、いつものように王宮を抜け出し、いつものように亜人街へ。

亜人街に入り、子供たちの下へ向かっているときのことだ。

いきなり黒ずくめの一団が現れ、シェスを取り囲んだ。

後をつけていたルーザさんはすぐに剣を抜き、黒ずくめの一団に斬《き》りかかった。

状況《じょうきょう》が状況だ。問答無用で斬檄を浴びせるルーザさん。

しかし一人斬り、二人斬り、三人目に斬りかかったところで背後から刺される。

相対していた三人目が凄腕《すごうで》だったこともあり、刺された隙《すき》に右肩を斬られ深手を負った。

それでも、なんとか食い下がるルーザさん。

しかし孤軍奮闘《こぐんふんとう》叶《かな》わず、黒ずくめの一団はルーザさんの目の前でシェスを連れ去ってしまった。

「姫様は気を失うように倒れてしまわれた。おそらくは、眠《ねむ》りの魔《ま》法《ほう》だろう。彼奴《あいつ》らのなかに魔法の使い手がいたに違いない」

ルーザさんが悔しさに唇《くちびる》を噛《か》みしめる。

「アマタ、この通りだ。どうか私に力を貸してくれ。一緒に姫様を捜《さが》してはもらえないだろうか？　……頼《たの》む」

ルーザさんが俺の手を取り、頭を下げた。

あの、触《ふ》れる対価に婚約を要求していたルーザさんがだ。

「もちろんです。一緒に捜しましょう。それよりもこのことを衛兵には？　ハッ⁉　まさか自分の立場を優先して――」

「するか馬鹿者！　そうではなくて、舞踏会の翌日に姫様が攫われたのだぞ。そして彼奴らは、はじめから姫様を狙《ねら》っていた。ならば裏で手を引く何者かの存在があるに決まっているだろうが」

何者かに当たりがついているのか、ルーザさんの顔は真剣《しんけん》そのもの。

保身のために衛兵への報告を渋《しぶ》っているわけではなさそうだ。

「その何者かがいる限り、王宮にいる衛兵たちは頼《たよ》りに出来ない、ということですか？」

「そうだ」

ルーザさんが頷《うなず》く。

「なるほど。実は先ほど俺も襲撃を受けましてね。それも俺だけではなく、宿にいた俺の仲間もほぼ同時に」

「なに⁉　お前たちもか？」

「ええ、仲間の奮戦により撃退《げきたい》しましたが」

隣《となり》で治癒魔法《ちゆまほう》を発動中のママゴンさん。

お澄《す》まし顔《がお》のママゴンさんは、心なしかドヤっているように感じられる。

「宿、俺、そしてシェス。三カ所への同時襲撃です。これだけ手の込んだことを出来る手合いと言えば……」

「バートしかいないんだぞー」

「だろうな。そしてそれを命じたのはエリーヌ第二王妃だ」

ジダンさんもルーザさんも、断定口調。

「でも……シェスは王女ですよ？」

「命じたのは王妃だぞ」

「っ……」

思わず言葉を失ってしまう。

第二王妃の憎悪《ぞうお》に、触れた気がした。

「エリーヌ第二王妃が命じ、実行したのはあのバートとかいう商人だろうよ。彼奴は地下ギルドと繋がりがあるそうだからな」

ルーザさんは、吐き捨てるようにしてバート氏の名をあげた。

「となると相手はエリーヌ第二王妃だけではなく、地下ギルドもですか」

「そうなるな」

「状況は理解しました。すぐにシェスを救出しましょう」

俺の言葉に、ルーザさんの瞳《ひとみ》が揺《ゆ》れた。

「シロウ……感謝する」

無事、問い質すことに成功したセレスさんが合流したのは、五分後のことだった。

幕間《まくあい》

肌寒《はださむ》さを感じ、シェスフェリアは目を覚ました。

「ここ……は？」

見慣れない部屋だった。

薄暗《うすぐら》く黴臭《かびくさ》い。天井《てんじょう》には蜘蛛《くも》の巣も張られている。

シェスフェリアは自分がなぜこんな所にいるのかと、記憶を辿《たど》る。

確か王宮を抜け出し、あの子たちに会うために――――……。

「っ……」

思い出した。

急に現れた黒ずくめの男たち。助けを呼ぶ暇《ひま》なんてなかった。

黒ずくめの一人が呪文《じゅもん》を唱え、視界がぐにゃりと歪《ゆが》む。

ぷつりと意識が途切《とぎ》れ、目覚めればこの部屋にいた。

「――くちゅんっ」

寒さからくしゃみが出た。

震える体を見れば、薄《うす》い肌着《はだぎ》を一枚身につけているだけ。

しかも両手を縛られているではないか。

瞬間《しゅんかん》、シェスフェリアは理解した。

自分が何者かに、攫われたということを。

「あらあら、やっと眠りから覚めたようね」

聞き慣れた声がした。

発したのが誰かなんて、顔を見なくても分かった。

けれでもシェスフェリアは顔を上げ、声の主を睨《にら》みつける。

埃《ほこり》まみれで黴臭い部屋に、華美《かび》な格好をした女が一人。

「ごきげんようシェスフェリア。こんな形で貴女《あなた》と会うことになるなんて残念だわ。ええ、本当に残念」

「……エリーヌお義母さま」

ギルアム王国第二王妃、エリーヌだった。

「ああ、可哀想《かわいそう》なシェスフェリア。どうしてこんなことになってしまったの」

両手を縛られたシェスフェリアに、エリーヌが哀《あわ》れみの言葉をかける。

シェスフェリアをこのような姿にしたのは、エリーヌ自身であろうに。

「エリーヌお義母さま、あたしをここから出して」

「あらあらシェスフェリア。自分のことを『あたし』などと。いけませんよ、貴女は王女なのですから『私』と言わなくては。ねぇ？」

ツカツカと靴音《くつおと》を響《ひび》かせ、エリーヌはシェスフェリアに近づいていく。

「っ……」

ランタンに照らされた、エリーヌの顔。

その顔を見た瞬間、シェスフェリアの背を怖気《おぞけ》が走った。

「最期《さいご》の時ぐらい、せめて王女らしく振る舞《ま》いなさいな」

エリーヌの目に狂気《きょうき》が宿っていた。

よく見れば、手には短剣《たんけん》が握《にぎ》られている。

「まったく貴女ときたら……獣王女《けだものおうじょ》の分際で……なのにパトリシアの晴れ舞台《ぶたい》を奪《うば》うだなんて……ねぇ？」

相貌《そうぼう》に昏《くら》い光を灯《とも》したエリーヌが、シェスフェリアの髪を掴《つか》みあげた。

士郎《しろう》に奇跡《きせき》のような魔法をかけてもらい、美しくなった髪だ。

逃げてばかりだった自分に、自信と誇《ほこ》りを授《さず》けてくれた、魔法のかけられた髪だ。

それをエリーヌは、

「いったいどうしたのこの髪は？　こんな髪、貴女に相応《ふさわ》しくないでしょう？　貴女は獣王女なのよ？　なのにこんな髪……こんな髪ぃ！」

「っ……」

エリーヌが短剣を振るった。

はらり、とシェスフェリアの髪の一部が舞い散った。

「あたしのカミを――」

床《ゆか》に落ちた髪。

それを見てシェスフェリアの頭に血が上った。

「ちゃっとあんた！　なにするのよ‼」

しかし――

「お黙《だま》りなさい！」

エリーヌがシェスフェリアの頰《ほお》を叩《たた》く。

口《くち》の端《はし》に血が滲《にじ》んだ。

「なんて口をきくの。まったく……見てくればかり整えても中身は獣王女ね。貴女なんて、あのおぞましい亜人共と変わらないわ」

「……」

「なにその目は？　ほんの少しだけ陛下に褒《ほ》められただけで、ずいぶんと偉《えら》そうに振る舞うのね。まったく腹立たしいことだわ」

エリーヌが再びシェスフェリアの髪を掴む。

髪を掴み、無理やり顔を上げさせる。

力いっぱい掴むものだから、ブチブチと音が聞こえた。

「見てシェスフェリア。貴女が着ていた昨日のドレス、私が手を加えてあげたのよ」

エリーヌが目で合図を送る。

背後に控《ひか》えていた黒ずくめの男が頷くと、持っていた物を手で広げた。

「どう？　素敵《すてき》になったと思わない」

「っ……」

シェスフェリアは今度こそ言葉を失った。

なぜならば、そこにあったのは士郎から贈《おく》られたドレスだったからだ。

ピカピカでキラキラだったドレスが、ぼろ切れのように無残に切り刻まれていた。

「あ……あ……ドレ……ス……が……」

シェスフェリアの視界がじわりと滲む。

暴言には慣れていた。

服を剥《は》ぎ取られても耐《た》えられた。

髪を切られても踏みとどまれた。

でも、あのドレスだけはダメだ。

あのドレスは、はじめてできた友だちが「シェスちゃんにあってるよ」と言ってくれたもので、お母さまもお父さまも「綺麗《きれい》」と褒めてくれたもので……。


——アマタが、自分のためだけに仕立ててくれたものなのに。


「あぅ……あぁ……」

シェスフェリアがぼろ切れとなったドレスに手を伸《の》ばす。

縛《しば》られた両手を伸ばすも、エリーヌに髪を掴まれているため近づくことすら出来ない。

「そうよシェスフェリア。そうなのよ。貴女にはその顔が一番似合っているわ！」

涙《なみだ》を流すシェスフェリアを見て、エリーヌが恍惚《こうこつ》とする。

「私はずっとその顔が見たかったの！　貴女のその顔が……あぁ、美しいわシェスフェリア。涙を流す貴女はなんて美しいの！」

エリーヌがシェスフェリアの顔に自分の顔を近づける。

荒《あら》い息を吐きながら、エリーヌはシェスフェリアの顔を正面から覗《のぞ》き込む。

「本当は貴女をここで眠らせるつもりだったのだけれど……気が変わったわ」

目を爛々《らんらん》と輝《かがや》かせたエリーヌは続ける。

「シェスフェリア、貴女王宮を出て神殿《しんでん》に入りなさいな。残りの生涯《しょうがい》を全《すべ》て神に捧《ささ》げると誓《ちか》うのでしたら、貴女のことだけは生かしてあげてもいいわ」

「……。あたしのこと……だけ？」

「そうよ。あなただけよ。だって、貴女のドレスを用意したあの商人も、貴女と仲良くしていたあの少女も、もうこの世にはいないのですもの」

「っ⁉」

「バートが言うには、川に沈《しず》められるか、焼け死ぬか、生きたまま埋《う》められるか……。ああ、なんて恐《おそ》ろしいこと。貴女に関《かか》わってしまったがばかりに、あの商人と少女は命を失ってしまったのよ。獣王女と出逢《であ》わなければ悲劇に見舞《みま》われることもなかったでしょうに。なんて残酷《ざんこく》なんでしょうねぇ？　なんて可哀想なんでしょうねぇ？」

にたにたとエリーヌが嗤《わら》っていた。

瞬間、シェスフェリアの視界が怒《いか》りで染まった。

「あんたはッ‼　あんたってひとはっっっ！」

シェスフェリアがエリーヌに飛びかかった。

体当たりし、縛られた両手でエリーヌを殴りつける。

「ゆるさない！　ゆるさないんだからっ‼」

「くっ――やめ、止《や》めなさい！」

すぐに黒ずくめが動いた。

シェスフェリアを蹴《け》り飛ばし、エリーヌを助け起こす。

「……ぜったいにゆるさないんだから」

「許さないのは私です！　まったく……せっかく生きるチャンスを与《あた》えてあげたというのに。獣は獣というわけね」

壁《かべ》に背を打ちつけたシェスフェリア。

しかしエリーヌを睨みつけるのを止めやしない。


――視線で人を殺せたら。

シェスフェリアは己《おのれ》の眼が魔眼でないことを悔《く》やんだ。

「……なに、その目は？」

エリーヌの声が低くなった。

底冷えするような声だった。

「その目……その目よ。どうしてパトリシアではなく、獣王女の貴女にその目が受け継《つ》がれてしまったの？　陛下のお美しい目は、貴女には相応しくないのよ？　なのになぜ神はパトリシアではなく獣王女にその目を授けたの？」

ゆらりと、幽鬼《ゆうき》のように近づいてくる。

「シェスフェリア、最後にもう一度だけ言うわ。王宮を出て神殿に入りなさい。それが出来ぬと言うのなら、この短剣で――」

エリーヌが短剣を振る。

刃に幾何学的《きかがくてき》な紋様《もんよう》が描《えが》かれた短剣だ。

僅《わず》かに刃が光っているのを見るに、魔剣《まけん》の類《たぐ》いなのだろう。

「貴女の両目を斬るわ。ああ、安心して。えぐり出したりなんてしないから。でも……」

エリーヌはニタニタと。

愉《たの》しくて仕方がないとばかりに言葉を続ける。

「この短剣は宝物庫にあったものでね、『奪《うば》いし者』というの。これに斬られた者は呪われ、斬られた部位が動かなくなってしまうそうよ。腕なら腕が。足なら足が。そして――うふふふ。目を斬られると光を失ってしまうの。昔はこの短剣は罪人への罰《ばつ》に使われていたそうよ。パトリシアの晴れ舞台を奪った貴女にピッタリだとは思わない？」

「……」

エリーヌがシェスフェリアの顔に――目に短剣を突きつける。

「さあシェスフェリア、懺悔《ざんげ》の時よ。跪《ひざまず》き、許しを乞《こ》いなさい。そしてパトリシアを侮辱《ぶじょく》し、私の誇りを傷つけたことを悔い改《あらた》めなさい。そうすればこの短剣はなにも斬ることなく仕舞《しま》ってあげるわ」

エリーヌからの、最後の警告だったのだろう。

しかしシェスフェリアは、エリーヌを見据《みす》えたまま。

「……エリーヌお義母さま」

「なあに？」

シェスフェリアの口角が上がる。

「王族のほこりは、いくらキンカをつみあげてもかえませんことよ」

「っ……。この獣王女があぁぁぁっ!!」

エリーヌの凶刃《きょうじん》がシェスフェリアに迫《せま》る。

呪《のろ》いの短剣が迫る中、シェスフェリアは、

――もういちどだけ、アマタのかおをみたかったな。

そしてシェスフェリアは、蒼《あお》い瞳から光を失った。

第二〇話　救出

「ここか」

貴族街の外れにある一角、そこに朽《く》ちかけた屋敷《やしき》があった。

元は大物貴族の屋敷だったとかで、かなり大きい。

セレスさんが締め上げたチンピラの話《問い質した》では、この屋敷が地下ギルド──『強欲《ごうよく》なる黒狼《こくろう》』の隠れ家《が》にして拠点《きょてん》であるそうだ。

「シロウ！　見てきたぞっ」

偵察《ていさつ》していたパティが戻《もど》ってきた。

「どうだった親分？」

「あやしいヤツらがいっぱいいたぞっ。すっごいいっぱいいだっ！」

屋敷にはチンピラや、全身黒ずくめの不審者《ふしんしゃ》が多数いるとのこと。

「黒ずくめもいるとなると、ここで間違いなさそうだな」

俺《おれ》の言葉に、ルーザさんが神妙《しんみょう》な顔で頷く。

「だがアマタ、本当に……」

ルーザさんはそこで区切り、振《ふ》り返る。

振り返った先には、手を繋《つな》いだアイナちゃんとすあまの姿が。

「その少女と幼子を連れて行くのか？」

いまいるメンバーは、俺、ルーザさん、アイナちゃん、すあま、パティ、セレスさん、ママゴンさんの七人。

アイナちゃんとすあまが同行しているのは、高級宿である雷鳥の止まり木亭が襲撃を受けた以上、一番安全なのが俺たちと一緒《いっしょ》にいることだからだ。

ちなみにジダンさんは事のあらましを伝えるため、王宮へ向かった。

元々アニエルカ王妃《おうひ》と面会予定だったし、さすがにもう襲撃はないだろう、という判断からだ。

念のためセレスさんが使い魔を護衛につけておいたから、今ごろアニエルカ王妃と面会している頃《ころ》だろう。

第二王妃の権力がどこまで及《およ》んでいるのかわからないけれど、上手《うま》いことアニエルカ王妃派の衛兵が動いてくれることを願うばかりだ。

「そんじゃ、これから『強欲なる黒狼』とかゆー輩《やから》たちと戦うわけですが、」

みんなの顔を見回し、続ける。

「シェスの救出が最優先です。そのことを忘れないでください」

優先順位の確認を終えたところで、

「アマタ、どこから侵入《しんにゅう》する？　必要なら私が騒《さわ》ぎを起こし囮《おとり》になるぞ」

次は侵入経路の確認。

シェスを救うためならばと、ルーザさんは自己犠牲《じこぎせい》精神をこれでもかと発揮しているぞ。

自分の命よりも、シェスの方がずっと大切なのだろう。

護衛騎士《きし》の鑑《かがみ》じゃんね。

「アマタ、どうだ？」

再び訊《き》いてくるルーザさん。

少しだけ悩《なや》んだあと、俺は自分の考えを述べた。

俺の考えを聞いたルーザさんは、

「ほ、本気で言っているのか？」

目を見開いて驚《おどろ》いていた。

◇◆◇◆◇

「んふふふふっ。これはこれはシロウさん、まさか正面から堂々といらっしゃるとは思いもしませんでしたよ」

そう言って俺たちを出迎《でむか》えたのは、バート氏。

バート氏の言うように、俺たちは正面玄関《げんかん》から屋敷へと入った。

玄関扉《げんかんとびら》を叩き、出てきたチンピラに入るよう促《うなが》される。

扉を抜《ぬ》けた玄関ホールの正面にある階段。その階上で、バート氏がようこそとばかりに両手を広げていた。

「すみませんね、突然《とつぜん》お邪魔《じゃま》してしまって」

「いえ、いえ。部下にはシロウさんをここへお招きするよう伝えたのですが……どうやら手違《てちが》いがあったようですね。私の方こそ、わざわざご足労頂き申し訳ありません」

バート氏の両脇《りょうわき》を固めるのは、以前見た護衛たち。他にも黒ずくめの男が数人背後に控えている。

そして階下には、チンピラたちが五〇人ほど。

地下ギルドの拠点だけあって、かなりの人数だ。

「しかし流石《さすが》はシロウさんですね。腕《うで》の立つ護衛を連れていらっしゃる。それにどちらもお美しい」

バート氏が俺の背後、セレスさんとママゴンに視線を送る。

腕が立つ、との言葉は、襲撃の失敗を知った上でだろう。

「見るな屑《くず》が。すり潰《つぶ》されたいか」

「不快ですね。滅しますよ塵虫が」

二人の毒舌《どくぜつ》が、今日はキレにキレている。

これにはさすがのバート氏も苦笑い。

「これは手厳しい。お美しいだけではなく勇敢《ゆうかん》でいらっしゃる」

バート氏は、肩《かた》をすくめやれやれと。

いい加減、茶番に付き合ってはいられない。

俺は本題へと入ることに。

「確か……商人同士、腹の探《さぐ》り合いなどせず単刀直入に、でしたっけ?」

「おや、私の言葉を憶《おぼ》えておいでで」

「バートさんは商人として先達なので。ともあれ、バートさんに倣《なら》い言わせてもらいますね」

「伺《うかが》いましょう」

バート氏を睨みつけ、単刀直入に。

「シェスフェリア殿下《でんか》はどこですか？」

この問いに、バート氏はニタァと粘《ねば》っこい笑《え》みを浮《う》かべた。

「んふふふっ。よくここにシェスフェリア殿下がいらっしゃることがわかりましたねぇ。ですが……少し遅《おそ》かったようです」

「どういう意味ですか？」

「シェスフェリア殿下は……そうですね、見て貰《もら》った方が早いでしょう。そこの貴方《あなた》、貴方の主に殿下のお連れがいらっしゃったとお伝えなさい」

「……」

黒ずくめの一人が頷き、音もなくその場から消える。

やがて――

コツ、コツ、コツ……。

……ズル……ズル……ズル……。

靴音と、何かを引きずる音が重なる。

そして――

「あらあら、誰《だれ》かと思えば辺境の野蛮人《やばんじん》じゃないの」

第二王妃が現れた。

だが驚いたのは王妃の出現にではない。

王妃が引きずってきたモノの正体にだ。

「シェスッ！」

「シェスちゃん!!」

「ひっ、姫様!!」

王妃の手が、シェスの髪《かみ》を掴んでいた。

引きずる音の正体はシェスだったのだ。

「シェス！　聞こえるかシェス！」

気を失っているのか、呼びかけに反応はない。

シェスは両手を縛られ、肌着しか身につけていなかった。

「あーら、シェスフェリア。聞こえるかしら？　貴女の大切なお友達が呼んでいるわよ」

「う……ぁ……」

シェスが弱々しく呻《うめ》いた。

よかった生きて――

「シェスちゃんっ!!」

こんなにも悲痛な声を発するアイナちゃんは、はじめてだった。

「シロウお兄ちゃんっ、シェスちゃんがっ！　シェスちゃんの目がぁ……」

アイナちゃんの視線を追う。

そこには――

「あらあらシェスフェリア、残念だったわねぇ。せっかくお友達が迎《むか》えに来てくれたのに、何も見えなくなってしまったんですもの」

シェスの目が、両目とも潰されていた。

あの深い蒼色の瞳は閉ざされ、血を流している。

瞬間――

「貴様アァァアッ!!」

ルーザさんがキレた。

剣《けん》を抜き階段を駆《か》け上がる。

大上段に構えた剣。

一切《いっさい》の躊躇《ちゅうちょ》なく第二王妃に振り下ろした。

しかし――

「ぐぅぅ！　貴様、そこをどけ！」

「……」

黒ずくめの一人によって阻《はば》まれた。

「シッ」

「がはっ⁉」

ルーザさんが蹴り飛ばされた。

階段を転がり落ち、床へと叩きつけられる。

「貴女はシェスフェリアの騎士だったわね。女の騎士なんて貴女しかいないから憶えているわ」

第二王妃が、自分を守った黒ずくめを視線で示す。

「この者たちはユペール家が召《め》し抱《かか》えている暗殺者の一族なの。ギルアム王国の繁栄《はんえい》があるのも、この者たちのおかげなのよ。王国の敵を、ユペール家の敵を、そして……私の敵を闇《やみ》に消してきたわ。不意を突《つ》いて何人か倒《たお》したそうだけれど、本来なら貴女如《ごと》きが勝てる相手ではないのよ」

「んふふふふ。シロウさん、あなたたちは今、ギルアム王国の暗部を目にしているのですよ」

「暗部だなんて……王国を陰《かげ》から支える者たちに失礼よ、バート」

「これはこれは、申し訳ありませんエリーヌ王妃」

第二王妃に、バート氏が恭《うやうや》しく頭《こうべ》を垂れる。

「してエリーヌ王妃、シェスフェリア殿下をどうなさるので？」

バート氏に問われ、第二王妃はやっとシェスの存在を思い出したようだ。

「その身に己の罪を理解させてから殺すつもりだったのだけれど……もういいわ。不思議ね。ずっと腹立たしく思っていた目を潰したら、興味を失ってしまうのだから」

「なるほど、なるほど。もうお飽《あ》きになったと？」

「そうよ。だからコレは、あの野蛮人に返してあげましょう」

第二王妃の合図に黒ずくめが首肯《しゅこう》し、シェスを階上から蹴り落とした。

階段を転がるシェスを、ルーザさんがキャッチする。

ルーザさんはシェスを胸に抱《だ》き、涙を流しながらその名を呼んだ。

「姫様！　姫様！　ルーザです！　お救いにまいりましたっ‼」

「安心していいわよ。殺してはいないわ。けれど……残念ねぇ。シェスフェリアはもう貴女の顔を見ることも出来ないのよ」

「ご安心ください姫様《ひめさま》。この程度の傷、神官の奇跡にかかれば――」

「無駄《むだ》よ」

ルーザさんの言葉に、第二王妃が言葉を被《かぶ》せた。

「見なさい。この短剣はね、斬《き》りつけた部位の自由を奪う呪いがかかっているの。悍《おぞ》ましい呪いを持った魔剣だけれど、これでもギルアム王国の宝物なのよ。わかる？　剣を振るしか能のない貴女にもわかりやすく教えてあげるとね、」

第二王妃は、さも愉快《ゆかい》とばかりに。

「たとえ治癒魔法で傷を塞《ふさ》いでも、呪いによりシェスフェリアの瞳は何も映さないの。もう二度と。永遠に。あぁ……可哀想ね。可哀想だわシェスフェリア。本当に可哀想。私に刃向《はむ》かったばかりに、残りの人生を闇に捕《と》らわれたまま生きていくんですもの。私なら絶望のあまり自害してしまうわ」

「姫様！　姫《ひめ》さまぁ……」

「シェスちゃん！　シェスちゃんおきて！」

ルーザさんとアイナちゃんが、シェスにすがりつく。

俺はシェスにジャケットをかけ、その体を優《やさ》しく抱き上げる。

シェスは、とても軽かった。

こんなにも軽く小さい体で、第二王妃の悪意を受け止めていたのだ。

「ママゴンさん、シェスのことをお願いできますか？」

「承知しました」

「その……な、治りますよね？」

「もちろんです主様。ですが良い機会です、娘《むすめ》にこの者を治癒《ちゆ》させましょう」

「すあまに？　でも——」

「ご安心ください。娘は幼竜《ようりゅう》なれど、不滅《ふめつ》の名を継ぐドラゴンです。この程度の傷や呪いなど、治癒の妨《さまた》げにもなりません」

「わかりました。すあま、このお姉ちゃんをお願いしていいかな？」

「あぃ」

俺のお願いに、すあまがハイと手を挙げた。

「ありがとうすあま。頼《たの》んだよ」

「スーちゃんおねがい！　シェスちゃんをたすけてっ」

「あぃ」

抱き上げていたシェスを、すあまの前にそっと寝《ね》かせる。

「さてっと。それじゃ――」

俺は立ち上がり、振り返る。

振り返った先には、バート氏と第二王妃がこちらを見下ろしていた。

「バートさん、それにエリーヌ第二王妃」

「なぁに野蛮人？」

「なんですかなシロウさん」

怒りを抑《おさ》え込《こ》むのは大変だった。

「俺からの最後通告です。罪を認め、法の裁きを受けてください」

「「っ……」」

俺の言葉に、二人が目を丸くする。

「んふっ。んふふふふっ。シロウさん、この状況下《じょうきょうか》でそんなにも面白《おもしろ》い冗談《じょうだん》が言えるのですね」

「野蛮人、貴方は商人よりも道化《どうけ》の方が向いているわよ」

「なるほど。罪を認めるつもりはないというわけですね」

「この私がどうして罪を認めなければいけないの？　言うに事欠いて法ですって？　野蛮人、貴方は知らないのね。この国の法は私なのよ」

「んふふふっ。そうですよシロウさん。この国の最大権力者は陛下ではなくエリーヌ王妃なのです。そのような常識も知らぬとは、商人しっか――」

「もういい」

「……シロウさん、いまなんて仰《おつしや》いました？」

「もういい、そう言ったんだよ」

自分でも驚くほどの、低い声だった。

「んふふふ。もういい、ですか。自棄《やけ》を起こしているのですか？　いけませんよシロウさん。商人は常に冷静でなくては」

「所詮《しょせん》は辺境の野蛮人ね。王妃に対する礼も知らないのですから」

「黙れ」

吐《は》き捨てるような俺の言葉に、こんどこそバート氏と第二王妃が眉《まゆ》をひそめた。

「野蛮人、あなたは誰を前にしているか理解していないようね」

「わからないかな？　俺は黙れって言ったんだよ。毒しか吐かないなら、その口を一生閉じてろクソ王妃」

「「……」」

乱暴な物言いに、バート氏と第二王妃が言葉を失う。

「あ、貴方！　私に向かっていまなんと──」

「黙りなさい塵虫《ちりむし》」

第二王妃に言葉を被せたのは、ママゴンさん。

「主様は『口を閉じていろ』とご命じになったのです。ならば貴女にできることは、その悪臭《あくしゅう》を発する口を生涯に亘《わた》り閉じることのみですよ」

「な、な、な……」

ママゴンさんの毒舌に、第二王妃は口をぱくぱくと。

まるで金魚だ。

「くくく、たまには良いことを言うではないか不滅竜《ふめつりゅう》。だが同感だ。私もあの屑共にはほとほと嫌気《いやけ》がさしていた所だ」

「あら、珍《めずら》しく気が合いましたね魔人《まじん》」

「貴様と気が合うなど不愉《ふゆ》快極《かいきわ》まるが──」

セレスさんが、俺を庇《かば》うようにして前に出た。

バート氏と第二王妃を見据え、続ける。

「あの屑共ほどではない」

「ええ。あの塵虫共は主様に暴言を吐きました。万死《ばんし》に値します」

セレスさんとママゴンさんが並ぶ。

超常《ちょうじょう》の存在によるツートップだ。

心強いったらありゃしない。

「さあシロウ。私に命じろ。あの屑共を始末しろとな。魔王《まおう》より只人族《ヒューム》を殺すことは禁じられているが、貴様が望むなら禁を破っても構わぬぞ」

「ダメですよ。ここでバカ共を殺したって、セレスさんの手が汚《けが》れるだけです。それに毎回言ってますよね、俺は命令なんかしないって。俺がするのは、頼みだけですよ」

「フンッ。また『頼み』とやらか。命令との違《ちが》いは未《いま》だ分からぬが……」

セレスさんが後ろに視線を送る。

そこには、シェスの手を握るルーザさんがいた。

「いまは、少しだけ分かる気がする」


視線を戻したセレスさんが、拳《こぶし》を鳴らす。

「さあ、『頼み』を言えシロウ」

「主様、この身にご指示を」

すでに臨戦態勢が整った二人。

俺は大きく息を吸《す》い込み、

「セレスさん、ママゴンさん、懲《こ》らしめてやってください！」

「心得た！」

「主様の望むままに」

俺が二人に頼み事《ごと》をするのと、

「バート、あの者たちを」

「はい。お前たち、そこの愚《おろ》か者共《もの》を始末しなさい！」

バート氏が配下に命令するのは同時だった。

最終話　虹色《にじいろ》の奇跡《きせき》

大乱闘《だいらんとう》がはじまった。

「おらぁぁぁっ!!」

「死ね！　このクソアマがあっ!!」

「生きてここから出れると思うなよ!!」

玄関ホールの広さを活《い》かし、波状攻撃《こうげき》を仕掛《しか》けるチンピラたち。

暴力の中で生きてきた連中だ。

荒事《あらごと》は得意なのだろう。

だが、この日ばかりは相手が悪かった。

「フン。屑共め」

セレスさんが拳を振るえば、バチコーンとチンピラたちが打ち上げられ、

「散りなさい、塵虫」

ママゴンさんが魔法《まほう》を放てば、これまたチンピラたちが宙を舞《ま》う。

ハッキリ言って、戦いにすらなっていなかった。

しかし、戦えるのは二人だけではない。

いまかいまかと、出番を心待ちにしている仲間がもう一人いるのだ。

というわけで、

「親分！」

アイナちゃんのカバンからパティを呼び出す。

ここのところ、二連続で出番を奪《うば》われていたパティだけれども、

「どーん！　どーん！　ずどーん!!」

今までの鬱憤《うっぷん》を晴らすかのように、絶好調に魔法を放っていた。

雷《かみなり》が落ち、光が煌《きら》めき、暴風が巻き起こる。

数分が経《た》つ頃には、五〇人ほどいたチンピラたちは、全員が床《ゆか》に転がっていた。

「なるほど。お強いですね。お強い護衛が二名に、強大な魔法を操《あやつ》る妖精《ようせい》族。いやはや、まさかこんなところで伝説の妖精族にお目にかかれるとは。んふふふっ。シロウさんが強気に出るのも仕方の無いことですねぇ」

部下が床にノビているにも拘《かか》わらず、バート氏からは笑みが消えない。

「王都の冒険者《ぼうけんしゃ》ならば水晶級……いえ、銀等級はあるでしょうかねぇ。その若さで、それ

も女性の身でありながら大したものです。ですが……この者を前にしてもまだ強気でいられますかな？」

バート氏がパンパンと手を叩《たた》いた。

「グリッドさん、出番ですよ」

返事は、二階の部屋からだった。

「チッ、めんどくせぇ」

隻眼《せきがん》の大男が出てきた。

ギシギシと床板《ゆかいた》をきしませ、バート氏の隣《となり》に立つ。

「あ、あの男はっ⁉」

大男を見たルーザさんが腰《こし》を浮かせる。

どうやら彼《かれ》を知っているようだ。

「紹介《しょうかい》しますよシロウさん。この方は『強欲なる黒狼』の首領にして、元、金等級、の冒険者だったグリッドさんです。この方がどれほど強いか……そちらの騎士殿《きしどの》はご存じのようですね」

驚愕《きょうがく》するルーザさんを見て、バート氏が粘っこい笑みを浮かべる。

「……アマタ、私が殿《しんがり》を務める。お前たちは姫様を連れてここを脱出《だっしゅつ》しろ」

ルーザさんが真剣《しんけん》な顔で言う。

剣を構え、いつでも大男に飛びかかれるようにタイミングを計っている。

元とは言え金等級だったということは、ライヤーさんたちよりもずっと強いということだ。

ルーザさんが警戒《けいかい》するのも当然だろう。

「おほほほっ。ここまで私を虚仮《こけ》にしてくれたのです。誰一人《だれひとり》として、この場から逃《のが》しはしませんよ。——ヴィア！」

「……ここに」

「あの者たちを始末なさい！」

「……御意《ぎょい》」

第二王妃が何者かの名を呼び、影《かげ》から黒ずくめの男が這《は》い出てきた。

全身から発せられた死の気配。

素人《しろうと》の俺から見ても、明らかに他の黒ずくめとは実力が違うことがわかった。

「ヴィアは一族の長《おさ》なのよ。貴方たちには勿体《もったい》ないのだけれども……特別よ。暴言の報《むく》いとして苦しんで死になさい。ヴィア、わかっているわよね？」

「……」

ヴィアと呼ばれた男が頷《うなず》き、第二王妃から短剣《たんけん》を受け取る。

「出資者《バート》さまのご命令なんだ。悪く思うなよ、べっぴんさん共」

大男が、腕を回しながら階段を下りてくる。

「……残酷《ざんこく》なる死を」

暗殺者一族の長が、音も立てずに玄関ホールへと降り立つ。

敵は地下ギルドのボスと、暗殺者一族の長。

対するは、セレスさんとママゴンさんの超常コンビ。

「べっぴんさんを殺すにゃ忍《しの》びねぇ。俺の女になるなら生かしておいてやるぜ？」

「すり潰すぞ屑が」

「おおうっ、怖《こわ》い怖い。んじゃま、仕方がねぇ……死にな！」

大男がセレスさんに迫る。

単純な暴力で叩きのめすつもりなのだろう。

「……死を」

「それは思い上がりですよ、塵虫」

暗殺者一族の長も動いた。

短剣を逆手に構え、ママゴンさんへ一直線。

大男とセレスさんがぶつかり合う。

暗殺者一族の長とママゴンさんが交差する。

そして――

「この程度か、只人族《ヒューム》の男」

「塵虫、もう終わりですか？」

勝負は一瞬《いっしゅん》でついた。

瞬《まばた》きにも満たない一瞬で、大男も、暗殺者一族の長も、白目を剥《む》いて床に転がっていたのだ。

「そ、そんな……？　グリッドさんほどの方が……」

「何をしているのヴィア？　早く立ちなさい！　立ってその者共を殺しなさい！」

驚愕するバート氏に、倒れた者に向かって尚《なお》も喚《わめ》き立てる第二王妃。

そんな二人を見て、俺は拳を握《にぎ》る。

「む？　シロウ、貴様も戦《や》うつもりか？」

俺の変化に気づいたようだ。セレスさんがそう訊いてきた。

「ええ、みんなに戦わせてばかりでは気が引けるので」

「フン。貴様は弱い。無理はするなよ」

「気をつけます」

ネクタイを外し、ワイシャツの袖《そで》をまくる。

「主様、雑兵《ぞうひょう》は私が滅《めっ》します。主様はただ真《ま》っ直《す》ぐにお進みください」

「ありがとうございます、ママゴンさん」

一段一段、ゆっくりと階段を上りはじめる。

「シロウ、親分の命令だ。あいつらをぶっ飛ばしてやれ！」

肩に降りたパティが、シュッシュとシャドーボクシング。

「わかったよ親分。思い切りぶん殴《なぐ》ってくるぜ」

階段を上る俺に焦《あせ》ったのは、悪の二大巨頭だった。

「ええいっ、お前たち、シロウを——あの男を殺せ!!」

「殺しなさい！　この場にいる全員を殺すのです!!」

バート氏と第二王妃が、ヒステリック気味に叫《さけ》ぶ。

「「はっ!!」」

バート氏の護衛が剣を抜く。

二階に残っていた黒ずくめが、一斉《いっせい》に襲《おそ》いかかってくる。

けれども、

「引っ込んでいろ」

「主様のお通りです。どきなさい塵虫共よ」

「シロウのジャマはさせないぞっ。どーーーん!!」

羽虫を追い払《はら》うが如くだった。

襲いかかってきた男たちは、みな返り討《う》ちに遭《あ》った。

俺の両脇を固めるセレスさんとママゴンさんに。肩に乗ったパティに。

三人のおかげで、俺は歩みを止めることなく階上まで上がることができたのだ。

「お待たせしました、バートさん」

皮肉たっぷりに、目の前のバート氏に話しかける。

「おまっ、お前は——マゼラだけでなく王都でも……」

バート氏が目を血走らせている。

何事ブツブツと呟《つぶや》くが、急に。

「ぐぅうっ!　死ねぇい!!　死んでしまぇぇい!!」

腰に差していた小剣を抜き、襲いかかってきた。

「主様!」

「大丈夫《だいじょうぶ》です!」

俺《おれ》は空間収納《くうかんしゅうのう》から防犯スプレーを取り出そうとし——止《や》めた。

この男は、直接ぶん殴ってやらないと気が済まない。

「死ねぇぇぇぇ!!」

小剣を構えたバート氏が迫《せま》る。

「……ふぅ」

緊張《きんちょう》で硬《かた》くならないように息を吐く。

武器を持った相手への対処は、ライヤーさんに教わったことがある。


——いいかあんちゃん？　まずは落ち着くことだ。


ライヤーさんの言葉が脳内で再生される。

確か、真っ直ぐに向かってくる相手には……こうだったな。

「ほっ！」

バート氏の突きをサイドステップで躱《かわ》し、

「からの——せいっ!!」

手刀をバート氏の手へと落とす。

「うっ⁉」

カランと音を立て、小剣が落ちた。

バート氏は小剣を拾うか迷うが、

「うわぁぁぁぁぁぁ‼」

殴ることを選んだらしい。

腕を振《ふ》り上げ殴りかかってきた。

けれどもこの行動は、俺にとってのチャンスに他《ほか》ならない。

「ふん！」

腕を掻《か》い潜《くぐ》り、バート氏の背後に立った俺。

バート氏の腰に両手を回し、左右の手を組《クラッチ》む。

そして——

「いくぞバート。お前に虹《にじ》を見せてやる」

「虹？　いったい何を言って——」

「よいしょーーーっ‼」

そのままバート氏を、ブリッジの要領で後方へと反《そ》り投げた。

――ジャーマン・スープレックス。

プロレスの神様と呼ばれるカール・ゴッチが取り入れた技で、プロレスで最も有名な技の一つだ。

「ひぎゃふんっ⁉」

後頭部を打ちつけたバート氏が、聞いたことのないような声を上げる。

だが、これで終わりではない。

むしろこのジャーマンは、はじまりの狼煙《のろし》に過ぎないのだ。

「まず、一つ！」

クラッチはそのままに、俺はバート氏の後頭部を支点にくるりとバク転をする。

そして――

「もいっぱあああつッ‼」

「ふぎゃっふ⁉」

バート氏を引っこ抜くようにして、再びジャーマンをお見舞《みま》いしてやった。

これで二つ。

またバク転。からの三度《みたび》ジャーマン。

いつしか俺のジャーマンに合わせ、仲間たちが数えはじめていた。

「シロウ！　四つだぞっ」

「主様、五つです」

「くくくっ、これで六つだ」

パティが、ママゴンさんが、セレスさんが、俺のジャーマンをカウントしていく。

最後は――

「アマターーーッ！」

シェスだった。

玄関《げんかん》ホールで仁王立《におうだ》ちしたシェスが、俺に向かって叫んでいる。

「あたしのぶんもわからせてやりなさいっ!!」

シェスの声を聞き、クラッチに力がこもる。

床に突き刺《さ》さったバート氏を引っこ抜《ぬ》き、

「これでラストォーーー!!」

そのまま後方へと放《ほう》り投《な》げた。

宙に弧《こ》を描《えが》くバート氏を見て、シェスが叫ぶ。

「七つよ！」

ラストは投げっぱなしジャーマン。

これが、この七連続ジャーマン・スープレックスこそが、学生プロレス界隈《かいわい》において『エース・オブ・エース』とまで呼ばれた俺の必殺《ひっさつ》技、『七色の奇跡《レインボー・スープレックス》』だ。

「バート、虹は見えたかよ？」

そう呟き、階下へと転がり落ちるバート氏を見送る。

バート氏は目を回し、ピクリとも動かなかった。

そして第二王妃《おうひ》は――

「このバカ王妃めっ！　姫様を傷つけた報いだ。その首落としてくれる！」

「やめなさい！　やめ――やめてぇぇぇぇっ!!」

ひっそりと、ルーザさんに殺《あや》められかけていた。

「ちょまっ――ルーザさんストップ！」

「フフフフ……。姫様の敵め、死ぬがいい」

「だからストップですって！」

慌《あわ》てて止めに入り、ルーザさんを取り押《お》さえる。

なんとか剣を没収《ぼっしゅう》すると、

「やめて……やめて……あはっ……あはははははははっ‼」


第二王妃は、もう壊《こわ》れてしまっていた。

きっと、彼女《かのじょ》はずっと前から壊れていたのだろう。

嫉妬《しっと》に取り付かれ、自分自身を苦しめて。

ともあれ、だ。

こうして俺たちは、悪の二大巨頭に勝利したのだった。

◇◆◇◆◇

「シェス！　良かった、治ったんだね！」

階段を駆け下り、シェスを抱きしめる。

「……バカ。はなしてよ」

「ああ、ごめんごめん。シェスの傷が治ったのが嬉《うれ》しくて、つい」

「……」

「あれ？」

完全復活したシェスは、どこかばつが悪そうだった。

隣ではルーザさんが涙《なみだ》を流して喜び、アイナちゃんはがんばったすあまを撫《な》でている。

「えと……アマタ、その……メーワクかけてごめん」

シェスが頭を下げた。

なんだからしくない。妙《みょう》にしおらしかった。

「シェス、謝《あやま》る必要なんてないよ。悪いのは第二王妃たちなんだからね」

「うん。でも……まきこんでしまってごめんなさい」

再び頭を下げかけたシェス。

そこに、アイナちゃんがコツンとゲンコツを落とした。

「シェスちゃん、メッだよ」

「アイナ……」

「シェスちゃん、シロウお兄ちゃんもルーザお姉ちゃんも、みんなめいわくだなんておもってないよ」

「そうですよ姫様。姫様をお救いするのは騎士《きし》の務め。当然のことです」

「ルーザ……」

シェスの瞳《ひとみ》が揺《ゆ》れる。

蒼《あお》い瞳に、どこまでも澄《す》んだ雫《しずく》が浮《う》かんだ。

「シェス、こゆときはさ、『ごめんなさい』じゃないんだよ」

「……え?」

俺の言葉に、シェスがきょとんとする。

不思議がるシェスの耳元に、アイナちゃんが顔を寄せ、こしょこしょと。

「……そ、それでいいの? アイナ、ホントにそれでいいんでしょうね?」

「ん、いいんだよ。さ、シェスちゃん。ゆうきを出して」

ニコニコ顔のアイナちゃんが、ポンとシェスの背を叩いた。

けれどもシェスは、もじもじくねくねと。

でも、やっと意を決したようだ。

シェスはみんなの顔を見回し、こう言うのだった。

「……みんな、ありがとう」

恥《は》ずかしそうに微笑《ほほえ》むシェスは、どこまでも美しかった。

エピローグ

シェスと共に王宮へ行くと、大騒《おおさわ》ぎになっていた。

なんせ第一王女が、第二王妃一派に誘拐《ゆうかい》されたのだ。

これで騒《さわ》ぎにならないはずがない。

でもシェスの無事を伝えると、ひとまず騒ぎは収まった。

ほんの一時の間だけだったけどね。

俺たちは国王陛下から直々に感謝され、どっさりと褒美《ほうび》をもらってしまった。

たぶん、口止め料も含《ふく》まれていたのだろう。

あの後、第二王妃は捕らえられ、自室に軟禁《なんきん》された。

如何《いか》に最大派閥《はばつ》をバックに持つ第二王妃でも、罪をなかったことにはできないんだとか。

ルーザさんの話では、国王直轄地《ちょっかつち》のどこかに幽閉《ゆうへい》され、一生その場所で過ごすことになるそうだ。

自分を壊してしまうほどに嫉妬に狂《くる》っていた彼女のことだ。

王都から離《はな》れた地で暮らした方が、彼女自身のためなのかもしれない。

俺は受け取った褒美を全《すべ》てジダンさんに渡した。

王都に開店する商会の資金と、亜人《あじん》街の子供たちに使ってもらうためだ。

亜人街に住む孤児《こじ》たちの話を聞いたジダンさんは、

『オイラにまるっと任せるんだぞー』

と胸を叩いていた。

領都マゼラでも貧民街の人たちから信頼《しんらい》され、慕《した》われていたジダンさんのことだ。

きっと亜人街の子供たちも幸せにしてくれることだろう。

そして、王都での日々も終わりを迎《むか》え、ニノリッチに戻《もど》る時がきた。


場所は王宮の中庭。

ニノリッチへ帰る俺たち六人を見送りに来てくれたのは、シェスの他にルーザさんとアニエルカ王妃のみ。

ジダンさんは三日前に領都マゼラへと戻ったし、本当は見送りに来たかったらしい国王も、政務に追われそれどころではないそうだ。

「シェスちゃん、げんきでね」

「アイナこそげんきでいるのよ」

シェスとアイナちゃんが、ひしと抱《だ》き合う。

八歳《さい》の少女同士による友情の一幕だ。

この純粋《じゅんすい》で尊い光景に、

「あぁ……。良かったわねシェスフェリア。お友達ができて」

「姫《ひめ》さまぁ……。うぅぅ……姫さまぁぁぁ」

アニエルカ王妃もルーザさんも胸を打たれ、感動にむせび泣いていた。

「おてがみかくね」

「テガミなんていらないわ。それよりあたしにあいにきなさい」

「う、うん。がんばる」

無茶《むちゃ》を言うシェス。

それでもアイナちゃんは期待に応《こた》えようと、ふんすと気合いを入れる。

「あと……アマタ」

アイナちゃんとの別れの儀式《ぎしき》を終えたシェスが、次に俺の名を呼んだ。

「ん、なに？」

「じつは……アマタにあやまらないといけないことがあるの」

「謝ること？　なんだろ」

「その、アマタからもらったドレスなのだけれども――」

「ああ、そのことなら聞いたよ。切り刻まれちゃったんだってね」

「ごめんなさい！　あんなにもうつくしいドレスを……せっかくアマタがしたててくれたのに。ほんとうにごめん――」

「次はもっと可愛《かわい》いドレスを仕立ててくるよ」

「……え？」

予期せぬ俺の言葉に、シェスがぽかんとする。

「そうだな……うん、次はアイナちゃんとおそろいのドレスなんかどうかな？　アニエルカ王妃、またドレスを仕立てたら舞踏会《ぶとうかい》を開いてくれますか？」

「もちろんですシロウ。次はシャルロッテも呼びますわ」

「だってさ。楽しみにしててね。すっごい可愛いドレスを作ってくるからさ」

「……いいの？　また……あたしにあいにきてくれるの？」

「いいに決まってるよ。それにシェスの髪《かみ》にかけた魔法は、半年ぐらいしか保たないんだ」

俺はシェスの髪に触《ふ》れる。

所々短くなっているのは、第二王妃に切られたからだ。

「そう。あたしのカミはいずれもとにもどるのね」

「うん。だからその時に合わせて、また魔法をかけにくるよ」

俺からの、縮毛矯正《きょうせい》（二回目）の提案。

けれどもシェスは首を横に振り、そして笑った。

「もう、アマタのマホウはいらないわ」

「え？　でも髪が戻ってしまうんだよ」

「かまわないわ。たかがカミよ。そんなものにいちいちとらわれていたら、エリーヌお義母さまとおなじになってしまうもの」

「っ……。シェス、君は……」

「カミにクセがついてても、みんなから『けだもの』とわらわれても、」

シェスは胸に手を当て、誇《ほこ》らしげに。

「あたしはあたしよ。シェスフェリア・シュセル・ギルアムよ。あたしはあたしをみとめるわ。ルーザが、アイナが、お母さまが、そしてアマタがみとめてくれたようにね」

シェスはもう、癖毛を隠すためのベレー帽を被ってはいない。

代わりに、俺とアイナちゃんがプレゼントしたお洒落な帽子を――髪をより『魅せる』ための帽子を被っている。

そこに、他者の視線に怯《おび》えていた少女はどこにもいなかった。

シェスは――シェスフェリア王女殿下《でんか》は、己《おのれ》にかかっていた呪《のろ》いを見事打《う》ち払ってみせたのだ。

「だからアマタ、あんたはショウニンとしてもっとおおきくなりなさい。いつか――こ、このあたしをむかえにこれるぐらいにね！」

シェスの顔は真っ赤だった。

真っ赤な顔で、仁王立ちしていた。

俺とアイナちゃんは顔を見合わせ、くすりと笑う。

「うん。頑張《がんば》るよ。シェスが大人になったとき、俺を御用《ごよう》商人に指名したくなるぐらいにね」

「なにいってるのよ。あたしのショウニンはアマタだけよ」

ふて腐《くさ》れた様に言うシェスの頭を、わしゃわしゃと荒《あら》っぽく撫でる。

「ありがとう。じゃあ、そろそろ行くよ。いつまでもここにいたら帰りたくなくなっちゃうからね」

「あ……」

シェスから漏《も》れた、寂《さび》しげな声。

けれども俺は振り返らずに、

「ママゴンさん、お願いできますか？」

「もちろんです主様。ですが……本当にこの場所でよろしいのですか？」

「ええ。バシッとキメてやってください。覗《のぞ》き見《み》してる連中が腰抜《こしぬ》かすぐらいに」

「承知しました。では――」

ママゴンさんの全身が発光し、次の瞬間《しゅんかん》、王宮の中庭にドラゴンが現れていた。

「ド、ドラゴンですってっ⁉」

「ドド、ドドドドド、ドドドドドーーーッ⁉」

シェスが驚《おどろ》きの声を上げる。

ルーザさんに至っては、もう効果音みたくドラゴンの『ド』を繰《く》り返していた。

「まあ、そちらの女性はドラゴンで、シロウはドラゴンライダーだったのですね」

アニエルカ王妃だけは間近でドラゴンを見たことがあるのか、シェスたちほど驚いてはいない様子。

伊達《だて》に王妃してない。

順番にママゴンさんの背に乗っていき、やっぱり乗せてもらえないセレスさんは、ここでも単独飛行で。

わざわざ王宮の中庭で、ママゴンさんの正体を明かした理由。

それは、シェスの味方には手強《てごわ》い相手がいることを示しておくためだ。

第二王妃が幽閉されたとはいえ、シェスへの陰口《かげぐち》は止《や》まないだろう。

だからこれは、シェスへの俺なりの援護《えんご》射撃《しゃげき》なのだ。

シェスに酷《ひど》いことをするのならば、ドラゴンが相手になるぞと、そう警告を込《こ》めて。

「じゃあシェス、また来るよ。可愛いドレスを持ってね」

「アマタ……まってる。あたしまってるからね！」

ママゴンさんが翼《つばさ》をはためかす。

僅《わず》かにGがかかり、少し遅《おく》れて浮《ふ》遊《ゆう》感が身を包んだ。

「シェスちゃーん！　またくるからねー！」

「じゃあねシェス！　君とのダンスは最高に楽しかったよ！」

こうして俺たちは、王都を後にした。

眼下では、シェスがずっと手を振っていた。

◇◆◇◆◇

空の旅はあっという間だった。

さっき王都を出たと思えば、もうニノリッチが見えてきた。

時折視界の端《はし》に映るセレスさんが死にそうな顔をしていたけれど、俺たちは一人も欠けることなくニノリッチへと帰ってきた。

アイナちゃんを家に帰し、他のメンバーも思い思いの場所へと帰っていく。

「うーーーん。帰ってきたって感じがするなー」

大きく伸《の》びをする。

「さてっと」

三週間も留守にしていたのだ。

きっと妖精の祝福に入るなり、冒険者たちがこぞって王都での冒険譚《ぼうけんたん》を聞きにくるに違《ちが》いない。

そんなドキドキを胸に、ギルドホームの扉《とびら》を開ける。

そこには――

「……あれ?」

ギルド内は、なにやらいつもと違う雰囲気《ふんいき》が。

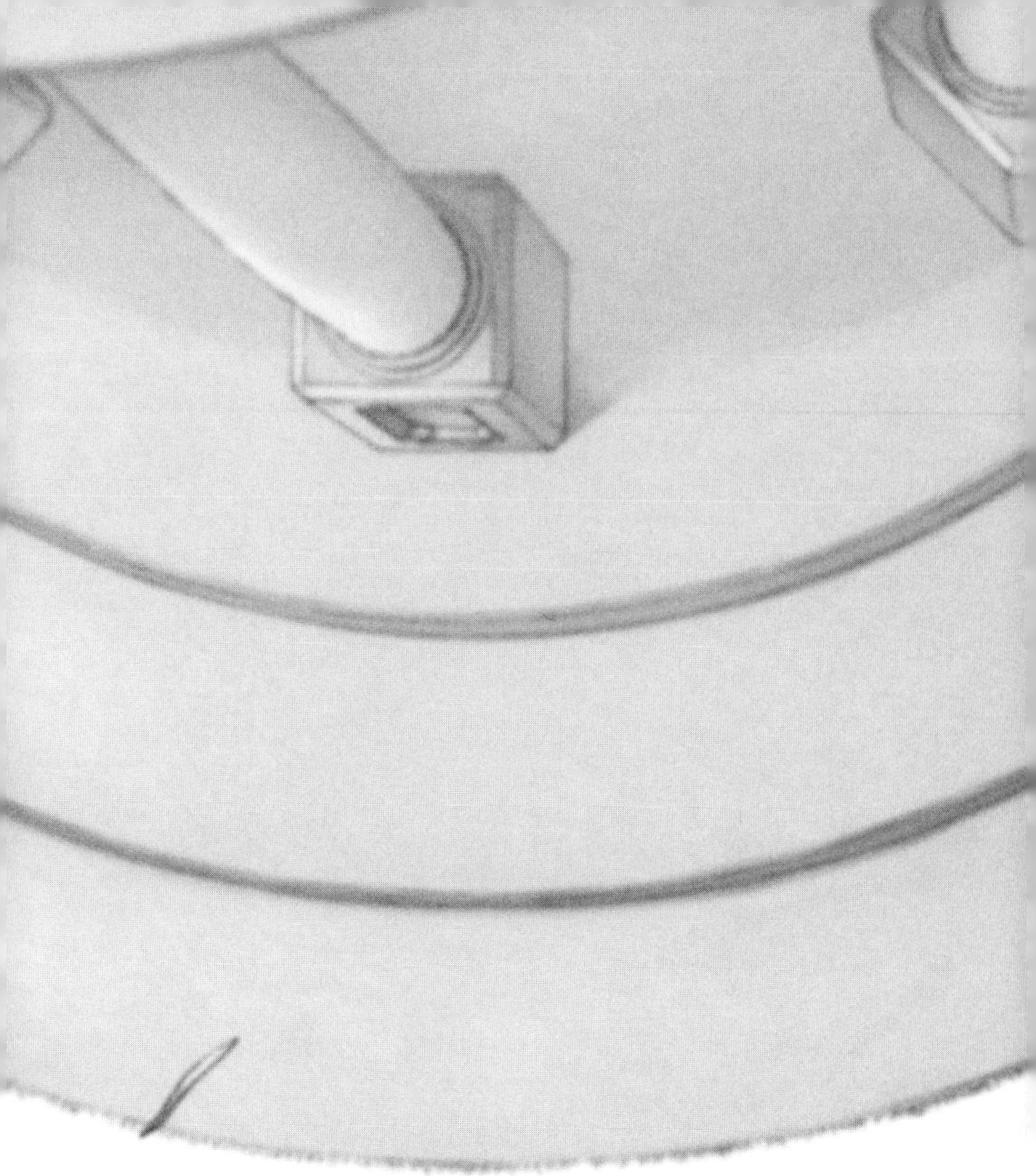

なんて言うのだろう？

活気がないわけでもなく、かといって騒がしいほどでもない。

見れば冒険者《ぼうけんしゃ》たちは顔を寄せ合い、神妙《しんみょう》の顔でなにやら話し合っている様子。

そんななか、

「おう、戻ったかあんちゃん」

ライヤーさんが話しかけてきた。

正にナイスタイミング。

「ただいまです、ライヤーさん」

「お帰り。思ったより早かった」

「丁度いい移動手段を見つけたもので。それよりライヤーさん、」

「ん、なんだ？」

俺は視線で冒険者たちを示し、ギルド内を満たす謎《なぞ》の空気感について質問することに。

「なんだか冒険者たちの様子がいつもと違いますが、なにかあったんですか？」

「ああ、それか」

ライヤーさんは困ったような顔をして、頬《ほお》をぽりぽりと。

「実はな、森で新しい遺跡《いせき》が見つかってな」

「おおー。いいことじゃないですか」

「だな。普通《ふつう》なら喜ぶところなんだろな」

「と言うと、普通ではないと？」

「ああ。実はな、その遺跡に行くと……」

続くライヤーさんの言葉は、ファンタジーな世界に慣れはじめた俺でも衝撃的《しょうげきてき》だった。

「死者に会えるそうだぜ」

あとがき

『いつでも自宅に帰れる俺は、異世界で行商人をはじめました』5巻を読んでいただき、ありがとうございました。

著者の霜月緋色です。

今巻では、士郎がついに王都へと足を踏み入れます。

新ヒロインのシェスをどんなキャラにしようかと悩んだのですが、書いているうちにわんぱくな感じに着地しました。

他にも、前巻で敵対したセレス。すあまの母竜であるママゴン。

この二人に振り回される士郎を楽しく書けました。

みなさんにも気に入っていただけたなら幸いです。

次巻では舞台をニノリッチに戻し、久しぶりにあのキャラを中心とした物語にしようと思います。

なるたけ急ぎますので、待っていてくださいね。


さてさて、宣伝させてください。

コミック版『異世界行商人』ですが、おかげさまでとても好調なようです。

ありがとうございます。

現在2巻まで発売中で、今巻が発売される頃には連載の方もイイ感じのところまでいっているかと思います。

未読の方は、一度でいいので明地雫先生による異世界行商人（神作画）を読んでみてください。

男性キャラはかっこよく、女性キャラはめちゃんこ可愛く描かれていますよ。

もちろん、コミックならではの演出もてんこ盛りでございます。


では謝辞を。

イラストレーターのいわさきたかし先生、今回は別作品のアニメ化でお忙しい中、本作のイラストを描いていただき本当にありがとうございました。
ラフの時点で素晴らしいイラストが、完璧で最高な挿絵となるのが快感でございます。
次巻でもよろしくお願いいたしますね。

漫画家の明地雫先生、高クオリティの連載を続けていただきありがとうございます！
コミックでしか出せない演出にホロリとくることも多いです。

担当編集様、HJ文庫編集部と関係者の方々、今回も色々とありがとうございました&ご迷惑をおかけしてすみませんでした!!

支えてくれている大切な家族と友人たちとワンコたち、作家仲間のみんな。
いつもありがとうございます。
そして、ここまで読んでくださった皆さんに一番の感謝を！
ありがとうございました。

最後に、本の印税の一部を支援を必要としている方たちに使わせていただきます。

今巻は小児がんなど、医療的ケアが必要な子どもとその家族を支援する施設に使わせていただきますね。

この『異世界行商人』を買ってくれたあなたも、子どもたちの支援者の一人ですよ。

では、またお会いしましょう。

霜月緋色

Anytime I can!
いつでも自宅に帰れる俺は、異世界で行商人《ぎょうしょうにん》をはじめました
霜月緋色 著
Hiro shimotsuki
ill. いわさきたかし
①～⑤巻 好評発売中!
⑥巻 来夏発売予定!

「小説家になろう」
四半期
第1位
異世界転生・転移
ファンタジー部門
（2019年8月19日時点）
いつでも自宅に帰れる俺は、異世界で行商人をはじめました
vol.1
明地雫
霜月緋色
コミック単行本
①・②巻 好評販売中!!
漫画：明地雫
原作：霜月緋色
キャラクター原案：いわさきたかし

コミカライズも連載中の
スナイパー英雄譚！
著／かたなかじ
イラスト／赤井てら
漫画：瀬菜モナコ
原作：かたなかじ　キャラクター原案：赤井てら
発売予定‼

魔眼と弾丸を使って
異世界をぶち抜く！
第13巻 2022年春

著／保利亮太
イラスト／bob
ウォルテニア半島に
居を据えた
御子柴亮真の
躍進は続く――。
2022年春　発売予定！

コミック版も好評連載中！
漫画：八木ゆかり
原作：保利亮太
キャラクター原案：bob
コミックス
①～⑦巻発売中!!
コミックファイア公式サイト
https://firecross.jp/comic
ウォルテニア戦記XXI

小説第③巻は2022年1月発売!
作画 大前貴史
原作 明鏡シスイ
キャラクター原案 tef
1
信じていた仲間達にダンジョン奥地で殺されかけたが
ギフト『無限ガチャ』
レベル9999
元パーティーメンバーと世界に復讐&
『ざまぁ!』しま
週刊少年マガジン公式アプリ
「マガポケ」にて
好評連載中!!
作画:大前 貴史
原作:明鏡シスイ キャラクター原案:tef
コミックス①巻も
好評発売中!

信じていた仲間達にダンジョン奥地で殺されかけたが
ギフト『無限ガチャ』で
レベル9999の仲間達を
手に入れて
元パーティーメンバーと世界に復讐&
『ざまぁ!』します!
「小説家になろう」
四半期総合ランキング
第1位
(2020年7月9日時点)
①~②巻
好評発売中!!
レベル9999で
圧倒的無双!!!!!!
明鏡シスイ
イラスト/tef

HJ NOVELS
HJN47-05

いつでも自宅に帰れる俺は、
異世界で行商人をはじめました 5

2021年12月18日　初版発行

著者――霜月緋色

発行者―松下大介
発行所―株式会社ホビージャパン
〒151-0053
東京都渋谷区代々木2-15-8
電話　03(5304)7604（編集）
03(5304)9112（営業）

印刷所――大日本印刷株式会社

装丁――ansyyqdesign／株式会社エストール

乱丁・落丁（本のページの順序の間違いや抜け落ち）は購入された店舗名を明記して当社出版営業課までお送りください。送料は当社負担でお取り替えいたします。但し、古書店で購入したものについてはお取り替えできません。

定価はカバーに明記してあります。

Printed in Japan

ISBN978-4-7986-2700-7　C0076

ファンレター、作品のご感想お待ちしております
〒151-0053　東京都渋谷区代々木2-15-8
(株)ホビージャパン HJノベルス編集部 気付
霜月緋色 先生／いわさきたかし 先生